阿猪de流云

朱音 著

文化艺术出版社
Culture and Art Publishing House

目录

阿猪的来历

（代序）

出国第一天买的睡袋，第二天租到的政府低价出租房，第三天买的二手汽车，为此还很得意了一阵。后来一打听，出国头天就买新车的大有人在！出国第一周在银行开了户，第二周就领到了政府福利金，第三周找到餐厅跑堂的临时工。一问，也不稀奇。而出国头一个月接"大哥大"，第二个月连互联网，第三个月头上，光是电话公司的账单就三百多块大洋。说出来，谁都不信！

虽然至今对电脑软硬还是一窍不通，可我一九八九年就用上电脑了，记得头一回使用的是 IBM 台式 16/20。那时候连最早的视窗平台还没面市呢，使用的软件是视窗 3.1 和 123 的五寸盘。

同样，互联网刚刚联到中国，我就迷得厉害。世界之大，尽在指尖。虽然速度有限，但什么东西都能看得到，物有所值。因为出国，两个月没能上网，还真憋得

1

难受。

好长时间里，无论是驾车子、逛铺子、端盘子，都抑制不住内心的兴奋，总有一种莫名其妙的自豪感，而且越是在鬼子们中间穿行，这感觉就越强烈。就连在登记互联网账户时，也心血来潮，敲上了 CHINAMAN 这个名字，觉得响亮，贴切，正儿八经。

挂着这个自以为了不起的网名，开始频繁登陆国内网站的网上论坛和聊天室。可没曾想问题还就出在这名字上。

去，换个名字吧，你知道 CHINAMAN 是什么意思吗？有一天，聊天室里的一位美国留学生网友冒出这么一句。我当时没在意，可又过了些天，忽然有人在给我的回帖中留下了这样一段话：

CHINAMAN 是中国猪，是对中国人的侮辱。真如此无知，还是故意来丢咱中国人的脸？拜托你了，中国人英文叫 CHINESE，CHINAMAN 是中国猪！

我大感不解，那人署名克林顿，该不是又一留美学人？而 CHINAMAN，中国猪？怎么会呢？心虚。知道自己英文浮浅，赶忙去了一趟图书馆。可再大的字典，其条目下的解释也只是——本乡本土的中国人——的意思。回到家中，立刻写了几句话回他：CHINA + MAN = 中性词。翻遍所有字典也没有中国猪的意思。AMERICA-WOMAN 可以是美国女人，怎么 CHINAMAN 就成中国猪了呢？

这下可好，该论坛的版主借此以——CHINAMAN 究竟该叫什么？——为题，发起辩论。辩论摘要如下：

A——在美国，CHINAMAN 是骂咱中国人的。这是事实，就如同骂黑人是黑鬼一样。

B——CHINAMAN 这个字本身应该不含贬意。就如同在国内我们称外国人是鬼佬，和骂小日本意思完全不同啊！

C——语言是约定俗成的。CHINAMAN 是由来已久的对中国人的贬称。

D——约定俗成？那就总有个当初吧？是谁和谁作的这个约定呢？列强欺病夫，哪怕叫你 CHINESE 也是贬。

E——英文里，CHINESE，JAPANESE，VIETNAMESE，PORTUGUESE 等类属 ESE，表示低等民族。而高等民族要用 ER、AN 等挂尾。

F——可是，如今，中国的英文教育，应该如何向学生解释呢？确认 CHINAMAN 就是中国猪？

G——《新英汉词典》里就有类似的条注。要从历史的角度来看这个词，而不单是词根词源本身。

H——《新英汉词典》里果然有。可为什么英、美人编的词典里都没有，而中国人自己编的词典里却有呢？这不是找着让人家骂咱中国人吗？

I——纽约街边的小店里都能翻到，要不要给你寄一本？

J——问了公司里的三个老美同事，都说这个名字不错，不知道有侮辱中国人的意思。

K——在美国，谁要是骂中国人 CHINAMAN，他将很可能被起诉。谁要是骂我 CHINAMAN，哼，看我不打

3

断他的鼻梁！

L——可是，美国的一家软件公司，为了说明自己历史久远又精于计算，用了一个长辫子、长马褂的 CHI-NAMAN，手持算盘做形象广告。不但没见有人去告，相反订单激增。其网址是……

M——叫克林顿就给咱中国人长脸了？见鬼！

N——是荣是辱，依我看还有一个场合问题。双方一触即发的时候，喊声——对不起！——也会是大打出手的引子。不是吗？

O——OK，我改名，不叫 CHINAMAN 了，还不行吗？

激烈的争论持续了几周。参与者之众，回帖之多，前所未有。直到有一天，我更名阿猪，一再拜谢，才算了结。

不知为什么，虽然挂了免战牌，我却，其实，始终放不下这件事儿，时不时的又会翻出来想想。

我翻阅了许多有关的书籍，企图找到，最初的，那个约定，和它实际引用的例子。都说旧金山在加利福尼亚，而新金山就是新西兰南岛的奥塔哥。从一本描述淘金历史的书里，我读到了一些关于早年来淘金的中国劳工的情况。其中有这样一个故事：

中国劳工，往往群入群出。顽固地保持自己家乡的习俗，不喜融入当地人文社会。一次，劳工们庆贺中国的节庆，喝得醉翻路边。一个好事的鬼子，趁机将两个中国劳工的长辫子绑在一起。结果当劳工醒来，发现被人捉弄，将那鬼子告到公堂，终获大笔赔偿（当时的四十英镑）。在这则故事里，作者仅在一处地方，用了CHINAMAN 这个词，口气一般，看不出是在骂咱中国人。

另在一本英文的幽默小集子里，也读到一段。说是在纽约，两个鬼子进到一个希腊餐厅。餐厅里的一位CHINAMAN，满口希腊语地招呼他们。惊奇之余，鬼子叫来店主问：怎么这 CHINAMAN 的希腊语这么溜？把店主急得直嘘：小声点儿！他是在说英文呢！从这一段里，我能体会到 CHINAMAN 一词的贬意。

说到约定，倒更使我想起一件有趣的事来：曾经和几十个建筑公司的工人一起到美国属地承包工程。当地的鬼子也想拿我们的工人开心。一次，一个鬼子找到我们一个木工，问 FUCKYOU 中文怎么说。那木工很机灵，当时很大声地教那鬼子：我妈个 B。从此以后，鬼子们自以为是在骂中国人，却每每——我妈个 B——叫得那么响，使工人们每每忍不住要捧腹。在那地方待了四年有余，也没曾见有谁 CHINAMAN 地贬着说，我因此孤陋寡闻。

说了这么多，自己网名终究也改了，猪就猪吧。可还是希望有那么一天，CHINAMAN 就是中国男，而不是中国猪。词义溯源，屈史不再。比起我这"阿猪"的名字来，要更加响亮，更加贴切，更加正儿八经。

阿猪

童年

写给《六十年代》

朋友在网上办了个论坛叫《六十年代》，邀请我写点儿东西。就先说说我在二十世纪六十年代"文革"期间一些尚存于记忆中的事儿，算抛砖引玉吧。

撒 传 单

我的"文革"体验，是从单位上的留守处开始的。

一九六六年最后几个月吧？大孩子们戴上红袖章，扛着红旗，组织长征队，走了。我爸妈也走了，好几个月，在全国各地串连。我们学校停课，不用上学了，归单位留守处管。留守处组织大家，从办公室找来油印机、钢板和蜡纸，刻印传单，拿到市里比较热闹的地方去撒。

刻印传单是很枯燥的事，可撒传单就很刺激了。从火车站大厅的二楼往下撒，满满一书包的传单，几分钟就撒完了。下面的人，总是挤成一堆儿来抢传单。那些

3

折得整整齐齐的传单，掏出一叠来，奋臂一甩，撒向空中。然后，红的绿的黄的白的传单，如同缤纷的焰火，散开，飞扬，飘落下去。

我们还到桥头广场、百货大楼去撒传单，几乎每天都要忙到很晚。把传单印好，叠好，准备好。第二天扎上帆布带军扣的腰带，一人两趟四书包地这么来回跑，兴奋极了。

传单不但我们在撒，其他很多派别的传单也都在撒。你撒你的，我撒我的，还一边喊口号，对喊。现在想起来，那时候真是革命了，那种撒传单的自由和刺激，和现在比，恍如隔世。

卖造反派战报

这些传单，渐渐地变成了一个个组织的一期期战报。小组织又联合成大组织，最后形成完全对立的两派。闹到"派"的时候，那战报就是在报社铅印的了，如正规报纸那么大张的，还套彩色带图片的那种了。这么大张的战报，撒是撒不出去了。我们于是成了报童，沿街叫卖。卖完得到的钱，交回报社，自己还能分一点儿。

卖战报，每天一大早天不亮就得起来，到报社去等着派报。因为要算钱，都是有数的，得当面数清楚才能抱走。用的也是报社发的专门的大挎包，有个小隔袋可以放零钱。后来，不再去卖战报，是因为两派敌对得厉害。我们有一天卖报时被另一派的大个子红卫兵给抢了，还追着打。打得不轻，怕了，就再也没去了。到现在还记得，那天卖到一半挨抢挨追挨打的时候，我卖了二元八角三分，没法交给报社了。

一九六七年的五月，我们那里，武斗拉开了序幕。

复课闹革命

当时的学校，停课也革命，复课也革命，根本就不正常了。到了我们学校复课闹革命的时候，两派已经势不两立，把学校的学生也分开了。我们这派的老师，每天把我们叫到学校操场集合，然后分班，排好队，又齐步走出学校。到附近的一个露天电影院，露天上课。一边走，一边唱歌喊口号，给另一派在学校上课的同学和老师听。

露天上课，坐在石凳上，没有靠背，很快就坐累了。所以上课时间很短，基本就是练练唱歌，排排节目，读读语录就完事了。可每当校外有什么革命活动，老师就拉上我们去凑热闹：给静坐的造反派抬水呀，到街上拉横幅搞宣传呀，跟别的学校同一派的学生一起开誓师大会呀，等等。

真打起来，很多人都躲武斗去了，学校就又停课了。

躲　武　斗

躲武斗，我的感觉，就是以家庭为单位，再串连一次。不过，这次得自己掏腰包。没有联络站沿途提供免费的食宿，没有不要票的车船，出门靠的是爸妈的亲朋好友。

躲武斗，也很像是在旅游。我们一家，经桂林、杭州、上海、青岛、济南、北京，一路上去，花了三个多月的时间。在桂林，住的是老人山下的图书馆。那时候图书馆也不开放借书了，我们于是就住在书库里。在杭州，我们住旅社，楼下是饭馆，是杭州最热闹的一条街，叫大庆路也不是五一路？一日三餐，我们在饭馆里包饭，白天遍游西湖美景：三潭印月、平湖秋月、花港观鱼、雷峰夕照、翠堤春晓。在青岛，我们追着退潮捞海带，然后晒干，太多了，直吃到北京还没吃完。

印象最深是在上海：正赶上盛夏，沿街尽是睡露天的人。屋里太热，这会儿桌子椅子床沙发，通统摆在大马路上。我们住在上海文联的小院儿里，西洋式的小楼，楼层高，倒很凉快。每天食堂里帮我们打饭的，居然是老作家巴金。那时候，他是写"大毒草"的"黑五类"，没有自由。

大　联　合

一九六八年，上层的意思，结束武斗，两派要大联合。我们也结束了流浪生活，钱花得精光，爸妈连手表也早不知在哪儿就卖了，两手空空回到家。

两派大联合，国共合作一般，结果是还没联起来就又打开了。而且这次打得跟内战似的，毛主席发了布告，连正规军都介入了。小钢炮就架在我们院子里，冲锋号吹得人耳朵聋。战士们进进出出的，就如同隔街那边都是鬼子。我们这些孩子，从此玩开弹壳弹梭子了。铜的，全锤扁了赌，赢够数了拿去换糖吃。

仗打完了，跟解放了似的，又要上街游行，喊口号。我们排着队参观反革命据点里的反革命尸体。红旗飘飘，喇叭声声，市里挂上了大大小小的"革命委员会"的牌子。我的理解，挂一块儿牌子，红一块儿地方，等全国到处都挂上"革命委员会"的牌子，除了台湾，祖国山河就红成一片了。

到了这个时候，对毛泽东的个人崇拜才真正上了一个台阶，走向荒谬。

三忠于四无限

单位上有了革命委员会，管革命，管生产，管你忠不忠于毛主席。不忠，就革你的命。跳表忠舞，早跳算请示，晚跳叫汇报。活学活用，忆苦思甜，工宣队，军代表啥的，都是那个时期的产物。

表忠，是向毛主席表忠，请示汇报也是向毛主席请示汇报。可毛主席不在身边，怎么办？没关系，贴个毛主席画像就行。夜里单位要集合晚汇报，早上天没亮又要集合早请示。高唱《东方红》和《大海航行靠舵手》，跳忠字舞，唱《敬祝毛主席万寿无疆》。总有人要显得比别人更忠，于是就亲手绣毛主席头像，或者浑身挂满毛主席像章。

忆苦思甜，开会请这大姑那阿婆的来讲旧社会，完了吃一锅野菜煮的杂粮稀饭，总有人为了表示自己更能忆苦，愣往锅里倒米糠。我们这些孩子，会看大人的眼色，扑上去，把个大铁锅刮得干干净净，连碗都添了它。

要熬通宵的是每当毛主席发表什么"最高指示"，头天晚上就不睡了，上街欢呼，游行。回来还不能睡，等着，早上要开大会。单位的会，系统的会，全市的会。喇叭里，来来回回就那么几个字，得喊好几天。去书店买毛主席的书或者画像，也是要排通宵的。毛主席的语录并且是要能背诵的，总有人能一字不漏地全背下来，那就不得了了，数他最红。

单位上来了一个工宣队员，抗美的时候去过越南，是个会武功的退伍侦察兵。我要是算会武功，就都是跟他学的。说是带我去巡逻，其实找个偏僻的地方就开练，直到他发现我爸妈也是要挨批判的那种人才拉倒。

大人们又都走了。爸妈也双双走了，去参加学习班。说是毛主席思想学习班，其实就是去挨整挨批。我们这些孩子，又归了单位的留守处管。等我们再从留守处出来，爸妈已经上了去五七干校的名单，六十年代，也快过去了。

J, Q, K

如今，这花花世界里，吃喝玩乐的去处和名堂是应有尽有，使人感觉下班要比上班还忙啊！可是，曾几何时，所有这些全是"封资修"，是"四旧"，是流毒。人们业余只能读"毛著"，听联播，写揭发材料、思想汇报，聚在一起打打百分已经是很边缘的活动了。我的父亲，有点儿像《食神》里的那个赵十两。做得一手远近称道的川菜，为人极忠厚老实又不甘寂寞，一辈子不得志却十分地好客。记得那会儿，家里一到休息日就坐满了人，除了一些常来的食客，间或还会有自己掏钱来品尝父亲手艺的。食客们酒足饭饱之后，定会应父亲之邀，坐下来打打百分。虽然谁都知道父亲的手气往往好得不得了，可没几个愿意跟他配对，做他的同伙。因为，父亲打牌，一向只重在掺和，技术上根本是一塌糊涂。轮到同伙出牌，他又是挠首又是挤眉，弄得你不知该出哪张才好；轮到自己出牌时，他往往故作深沉，几经计算（天知道他是怎么算的），然后万分得意地打出

9

唯一不该出的牌来，气得你发毛。不仅如此，父亲打牌还特认真，输了还不服：下星期再来，各位慢走。我，那时候连吃饭都很少能上桌子，更不用说陪食客们打牌了。可是猫在一边儿看着父亲好牌满手却昏张连连，简直是目不忍睹，感觉面子都丢光了。好在有人把老猪家吃喝玩乐的事儿，给上纲上线地汇报到单位。领导找上门来收牌，这个川菜、百分才没再继续下去。可是末了，父亲怎么也没想通，领导当时给他扣的那顶帽子居然是：老猪，这工农兵的扑克你要是不愿意用，用11、12、13的也凑合啊，上哪儿找来这么一副J、Q、K的？只好没收了。他姥姥的！究竟是哪个王八蛋？父亲一提起这事儿就骂：吃也吃了，玩也玩了，转脸不认我老猪也罢了。居然告发我?! 仔细想想，我不奇怪那位食客。皆因伟大领袖有旨：文化大革命，以后每七八年，还要再来一次，多他姥姥的吓人啊！

足球旧事

中国足球，叫喊着要冲出亚洲，已经有二十来年了。这么些年里，国奥、甲A、甲B什么的，也确实激荡了几回，培养了一代新球迷。我下面要讲的故事，在今天怕是不会再发生了。然而，对中国足坛的震撼，我以为，应该不亚于中国足球一次次冲出亚洲的失败尝试，尽管今天的球迷们，对此，也许闻所未闻。

那一年，我还在念中学。暑假出游去北京，在火车上，偶然被带队北上夏训的省足球队教练相中。他用皮尺量了我的脚踝和脚掌，一口咬定我能长到一米八以上，会是一个在南方省份里不可多得的体育苗子。教练于是留了名字和电话，关照我无论如何，开学前到省体委去找他。他会为我在体校留一个位置，并承诺要亲自带我这个徒弟，相信能培养出一个一流的足球守门员。

教练姓雷，是省足球队的正选球门，也是全国顶尖的守门员。就是他，领着省队在全运会上夺得过前三的名次。当时中国足球的国际比赛还很少，也没有正式的国家队。偶尔来访的外国球队，也都是些什么扎伊尔大学生队、阿富汗喀布尔队等等，跟北京队过过招，友谊赛一两场，就已经很难得了。不然的话，雷教练也一定会是国家队的正选。

暑假归来，我拿着教练开的条子，真的去了一趟体工大队。当时没见着雷教练，听接待我的那位说，教练有特殊训练任务，一时腾不出手来。

会是什么训练任务呢？原来越南的一支足球队——越南人民军足球队，就是在这期间，在经过苏联的精心训练之后，自北向南，杀进了中国足坛。

重视不够也好，掉以轻心也好，运气不佳也罢，反正是没谁能战胜这支看上去身材矮小、打法野蛮古怪、体力却充沛得惊人的球队。东北虎辽宁队输给它，华南虎广东队也输给它，八一、山东、北京、湖北，当时中国的足球列强，接二连三地通通输给了它。这支球队由超级大国的军师率领，从黑龙江打到广西，九战八胜一平，保持不败战绩。中国足球给踢得灰溜溜的，很没面子。可不是吗？两国间的梁子结得越深，国家体委的压力就越大，哪怕只赢一场，面子要紧啊！

不能让这支球队就这么冲出中国！在南宁的这最后一场比赛，一定要打败它！这已经成了政治任务！雷教练就是因为这个，没能见我。这就是到今天早已鲜为人知的中越足球南宁之战。这也是南宁自"文化大革命"以来第一场国际足球赛——广西足球队与越南人民军足球队。

为了只能赢、平为输的死命令，省队突击训练，全国的名教练都来了。还特别从未曾与该球队碰过面的国内其他强队，调来了几名主力，临时编进了出场队员名单。

由于比赛要当做政治任务来抓，这场球赛没有卖一张门票，而是由各个机关单位、厂矿、学校，有组织地报名，划定座位。我所在的中学，也只有高二年级的学生才能去观看。可谁能想到，这样的指导思想和计划安排，恰恰是整个灾难的开始。

那是一个星期日。比赛要到下午才开始。但等我午饭过后匆匆赶到球场时，场内场外，已经是人山人海了。南宁的这座体育场也很特别，三面环山，看台就着地势，石砌而成，只有主席台的一面背靠着市区的马路。虽然球场的主要入口在主席台两侧，但环场还有好多个疏散通道。站在通道门和围墙外面的山坡上，也可以观看到场内的比赛。

我，一心要目睹雷铁门的风采，差一点儿死在当天。

体育场内，虽然是有组织地就座，但还是有很多人没来，还是有不少空位。而场外的山坡上，却站满了真正有兴趣的球迷。最初，通道门还不时闪开一条缝，那是把门儿的民兵，在为自己的熟人开后门儿。后来人围得多了，门也就再喊也不开了。

比赛开始了，而且一开始就显得气氛异常。运动员奔跑的速度非常快，抢得也非常凶。每到主队控球，全场就会杀声一片，起立助威。客队对这一切则好像根本听而不闻、视而不见，阵脚一点儿也没乱。真真是：一方想下马威，上来就发扑天盖地之气势；一方要满堂红，开始便显排山倒海之雄风。

正当比赛高潮迭起的时候，忽然发生了令组织者意想不到的事情。先是主席台一侧的大门被拥挤的球迷推开，人群哗地一下冲进了看台，顿时一片混乱。站在山坡上的人们眼见这一情景，立刻有样学样，向着坡下的通道口冲挤。我当时没想太多，也跟在人群之中，只管向前拥。通道门也给冲开了，我只听见前面喊声此刻有些异样，从叫喊变成了哭喊。我知道通道门已经给冲开了，但人群前移得仍非常缓慢，感觉是越来越挤，呼吸也越来越困难。

我本能地向上一蹿，当时的反应比身边的人只稍稍快了一点点。加上本来就高的个头，齐胸以上一下子就露在人群之上不受挤了。就这样脚不沾地，高人一头地随着人群慢慢向前移，整个身体也渐渐向前倾。这时间我所见到的情景，在此不宜细叙，因为的确太可怕，太悲惨，太目不忍睹了。

我身前的人（此时应该说是我身下被挤压着的人），被一个个地拖拽出来。我身后的人也慢慢四散逃离开去。最后，只剩我一个人，站在被挤压坏了的人们的身体上，已经完全麻木，呆呆的，没了一点儿知觉。一个参加救护的人，推了我一把，我才惶惶步出了体育场。已经都进去了，却又走出来，我受惊的程度，可想而知。

事后才知道，那场球赛，在短短的五分钟时间里，先后有三个场门被球迷冲开。我所在的这个门情形最惨。因为进得门后，横拦在眼前的，竟是一道为备战备荒而挖的防空浅壕沟。前面的人跌倒了，后来的被阻挡在沟边，更多的人还在往里拥挤，遂成惨剧。有二十多人当场死亡，近百人重伤住院留医，其中大部分是十几岁的青少年。第二天清场时，光鞋子就拉走了一卡车。

再说比赛，要不是雷铁门极其出色的表演，主队决不会仅以0：1小输。越南人是越战越勇，而主队的队员到了下半场，不知是否受了意外事件的影响，完全没有了上半场的那种气势。此外，赛场上也同样发生了不幸事件，主队一名借调队员被越南人铲断了锁骨。

这是一场非同寻常的比赛，是中国足球史上的一场悲剧。事情虽然已经过去了二十六年了，但今天回想起来，仍然令我不寒而栗。

打那以后，我再也没有见到过雷教练。据说那场球赛一完，他就潜心当体专的老师去了。而我，因为太受刺激，从此打消了进体校的念头。

听妈妈讲那过去的事情

　　老太太漂洋过海，探儿子来了。没时间带她看山看水，先就拉到店里陪我练摊儿。搬来小凳儿，没客人的时候，我就端坐老太太脸前，听她痛说革命家史：在干校，那时候你每天走那么远的铁路去上学，妈整天担着个心。一会儿怕你又跟人打架了，一会儿怕你摔着了，更怕你叫火车给轧了。有一天夜里，做了个噩梦，梦见你真的就叫火车给轧死了。把我给吓得啊，打那就再也睡不着了。第二天，大伙儿正在地里干活儿，忽然看见你黄阿姨，对，就是后来去了美国的那个黄阿姨，摆着手从干校校部那边跑过来，一边高喊：老王，老王，别干啦，快去接电话！我一听，当时腿就软了，心里咯噔一下：完了，昨儿夜里那梦是真的了，真是你叫火车给轧了。就觉着天旋地转，我脚跟一软，才走出没几步，就两眼一黑，昏过去了。后来是黄阿姨，还有另一位叔叔，俩人一左一右架着我到了校部。原来是林校长要找我谈话，结果我听成是叫我接电话了。

那时候，没有天大的事儿，谁会打电话呀？林校长看着我说：怎么吓成这样了？也难怪呀，老猪是反革命嘛，你这反动家属八成心里也有鬼！黄阿姨抢过去说：老王有什么问题？别忘了人家可是三代贫农。刚才是我着急，结果她以为是她孩子出什么事了。加上她本来身体就不好，一直贫血，这已经不是第一次昏倒了。原来那姓林的找我，是为了你爸爸的事儿。那时候，干校有三个正副校长，就是这个姓林的最坏。每次抓你爸爸来批斗，我从批斗会准备会开始就得回避。批斗完了，姓林的还要叫我去抄别人写的批判你爸的大字报，还要叫我写自我检查。

干校的大字报，都贴在食堂里四周的墙上。他们那么多人写，我一个人抄，还得是干完了地里的活儿之后。食堂都开饭了，人们在排队买饭，我还在那儿赶抄大字报。高的地方看不清楚，还得踩着梯子抄。纯粹是挨整。

进来一客人，买了点儿什么。老太太接着说：干校一批你爸，我就得回避，去农村和贫下中农"三同"，都已经下放到干校了，还要三天两头下乡。不但我要去，还得连累他人。因为我那时身体很不好，瘦得才八十来斤。说起这回避也蛮有意思。有一回，我们一共下去四个人，两男两女。刚去的时候我们很卖力气，挣表现，后来就开始想法子偷懒。我们告诉生产队说：我们来，不但要参加劳动，还要开会学习，这是领导的要求。于是我们就经常"开会"，就是在一起吹牛聊天侃大山，有时候还唱歌呢。谁知，村里的孩子把我们的

"会议内容"偷听了去，告到生产队。没办法，我们就又跟生产队撒谎说要到公社去开会。那公社叫倒水公社，大概是地处大山边，水来了都得倒流走的意思。你想啊，山里人到了城市不认路，我们几个城市人到了山里，也一样找不着北，一到岔路就迷。所以，干脆弯几个山头就躲起来，继续吹牛聊天侃大山。后来有一次，公社真的来通知叫我们去开会了。结果，我们从一大早就开始摸着上路，人家上午十点开会，等我们终于摸到公社，已经下午四点了。急得公社的人团团转，找到生产队，最后戳穿了我们"开会"的把戏。

进来一客人，买了点儿什么。老太太又接着说：说起你黄阿姨，有一次回避，下去"三同"，就只她愿意陪我。晚上没事了，俩人总爱坐在草垫子上聊天。那天她忽然问我说：老王，你猜我最讨厌谁？我一时不知道该怎样回答：林校长？不对。她说：他太小，我是要你猜大的。不明白她这是指着谁说讨厌，更不知道该怎样回答了。她把嘴巴凑到我耳朵跟前说：我最讨厌的就是那个打扮得男不男女不女的，哪一个？我脑子里在找比姓林的官儿大的，可没想到，她揪着我跟我急，说：嗨，就是那个，那个那个，江青啊。我当时吓了一跳，差点儿又昏过去。那时连林秃子都还敬祝身体健康，江青可正突出着呢，怎么你黄阿姨竟然敢说这话？接下来她又问我：你最讨厌谁？姓林的。林校长？嗯，我是说大的。大的？哦，哦，那就是林彪。我吞吞吐吐地说：林彪长得跟姓林的一个样，整个儿一反派人物形象。说完这话，我怕得要死。打那以后，我们俩有了共同的秘密。那之后过了才没多久，林彪就摔死在温都尔汗了。
林彪已经死了，我们都还不知道。因为中央文件还没有
传达到干校。可是，你黄阿姨的爱人当时是县里的干
部，县里已经传达了。记得我们在打麻秆儿，打着打
着，你黄阿姨忽然冲我使眼色：老王，想上厕所吗？我
说：不想。她干脆过来拉上我就走，不知道又有什么事
儿。告诉你吧，你讨厌的那个人，死了。什么？你大白
天说梦话，刚才不还看着那姓林的好好的吗？嗨，不是
这个姓林的，是那个大的！嗨什么嗨，我说：那更是不
可能的事了。要真是林彪死了，还不得奏哀乐，降国
旗，开追悼大会，还不得好一番折腾啊？嗨，不是啦，
他不是那么死的。他是，黄阿姨抓紧时间，三句并做两
句地把林彪要夺毛主席的权，最后不得好死的文件精神
给我传达了一遍。我还是没搞懂，这林彪不是已经定了
是毛主席的接班人了吗？作为亲密战友，睛等着就是
了。怎么还要？嗨，他活不过毛主席你看不出来呀？他
那一身的病，身体比毛主席差多了。要不怎么就让咱成
天喊：祝林副主席身体健康呢？林彪的事儿，最后干校
也传达了。可会后林校长单独找我谈话：本来你是反动
家属，不能听传达的。现在既然你已经听了传达了，那
么，就要对你有一个政治要求。回去后不许走漏任何消
息给老猪。他是现行反革命，不能知道任何中央文件内
容。如果你不照办，就当做反革命问题，严肃处理你。
我这心里直犯嘀咕：回到家跟你爸爸说是不说？说吧，
肯定那姓林的知道了要整我们两口子。不说吧，这三天
两头批斗完了，你爸爸每次写检查最后落款时总还得加

上那句：敬祝毛主席万寿无疆，敬祝林副主席身体健康。可这后半截儿从今往后就是大问题了。再这么写，不又多一条现行反革命罪状吗？我要跟你爸爸说，可怎么说才能不让人知道呢？家里当时住的那排平房，这屋里放个屁隔壁都能听见。所以就只好等到夜里灭灯睡了之后，蒙上被子，揪你爸爸的耳朵。进来一客人，什么也没买。

完后老太太接着说：这个客人。他又不买东西，你还跟他啰嗦那么老半天干吗？噢，行，我明白了。刚才说到哪儿啦？你黄阿姨？这会儿在纽约呢吧？一直没联系过。可说起她的事儿，也挺逗的：她爷爷辈儿就是从广东给卖到美国的华工，爸爸妈妈也是在美国生的你黄阿姨。家里起小就把她们兄妹三个全都送回中国接受华语教育。解放那年，她正在中山大学读书，爸爸妈妈到了香港，想接他们兄妹回美国，结果她两个哥哥都回去了，就她革命，不愿意回。黄阿姨，革命得很，直到"文化大革命"，人家拆了她家里从美国来的信，拿她有海外关系的事儿来整她，她再想回去已经晚了。后来，她从干校出来，调到县里，又调到广东。等再跟美国的家人取得联系时，已经都八十年代了。她爸爸妈妈都去世了，只有哥哥还在美国。黄阿姨跑到美国领事馆去申请签证探亲。人家一看，她的出生地居然填的是美国？问了她老半天，又查来查去查了老半天。还真查到了她当年在美国一家医院的出生记录。你看人家美国这医疗系统，六七十年前的事儿，还清清楚楚。大使馆的人跟她说，你就是美国人！不用签证。并且很快给她发了护照。领事很同情她的遭遇，大开绿灯。结果你黄阿姨的孩子们，女婿媳妇们，连孙子辈儿的，呼啦啦一下子，能走的都走，全到美国了。进来一客人，买了点什么。完后老太太接着说：干校的事儿，说起来没完的。你爸爸，因为有人揭发，说他是"五·一六"分子，才被打成反革命的。可是，干校每次斗你爸爸，只要一说他是"五·一六"分子，你爸爸斗争会上就跟人急，竟然还要跟人打架。斗争会上，你爸爸总是反问：你们说我是"五·一六"分子，有证据吗？能把我加入组织填的表什么的，拿出来给我看看吗？哪怕提个醒儿，谁是我的介绍人？在何时何地？也好帮助我回忆回忆吧？下面就有人喊口号：老猪不老实！抗拒从严！跟着就有那想表现的，冲上来，就想打你爸爸。你爸爸于是就抄条凳儿，抢条凳儿，跟人拼命。你身上就有你爸爸这猪脾气，平时厚道，总吃亏，可真急起来，批判会上敢抢长条凳！发生这些，我当时都是不在的。我在"三同"，回避。打得狠了，你爸爸伤得厉害了，才会让我临时回来。有一次，你爸爸让人捆起来，耳刮子扇得脸都肿了。因此落下中耳炎，聋了一只耳朵，另一只也大不如前。以后听人说话，老得用手护着耳朵。进来一客人，老太太赶紧擦干眼泪：好，不说那些伤心的事了。在干校，我和你爸爸，什么都正好相反：他结实，我虚弱；他是现行反革命，我出身一点儿问题也没有，根正苗红；他完全没有自由，我还可以听中央文件；他脾气好，肯卖力气，我不行，谁的气我也不受，还净偷懒。你爸爸脾气好，连放羊放了一辈子的那个韦四儿都成天欺负他。干校让你爸爸干的活儿，都是最脏最累的。比如挑大粪淋菜，看牛，还有就是放羊。你不也帮着你爸爸去放过羊吗？干校有三四百头山羊，白天放出去，一走十几里的山头，羊就到处跑。傍晚收工，往往天都黑了，才赶得群羊入圈。韦四儿每天就冲你爸爸嚷嚷：老猪！点数！这羊要是少了一只，就，就，就打倒你这个反革命！你爸爸于是每天回来，头羊走到前山就得开始点，到了羊圈还点不清楚，进了圈了就更难点了。因为满当当一圈白团团，小羊还爱钻在老羊的肚皮底下，头都不露，怎么点？你爸爸点啊，点啊，越点越少，越少心越慌。我就为这，每天等他回来吃饭得等到你们都睡了。后来我给你爸爸出了个主意。我说：你怎么这么笨啊？你不会就告诉他：点过了，×××只，一只不少，你看他怎么点？你都点不清楚，那韦四儿，一点儿文化没有，他能点清楚？这个主意出得好！从此韦四儿再也没在这上找你爸爸的茬儿。

进来一客人，买了点儿什么。完后老太太接着说：那时候，这平常人的思想，都在干校艰苦的劳动改造过程中扭曲了。运动一个接一个，批判一浪高过一浪。很多干部因此真的以为，只有革命、革命、再革命才是他们唯一的出路。于是有胡乱捕风捉影，揭发别人的；有主动瞎编，坦白自己的。运动一来，大伙儿就跟唱大戏似的。有的人，更不惜将自己的人格，在这个政治舞台上出卖！龚阿姨你还记得吗？我们单位一起下到这个干校的，就只有我们这两家。她爱人原来还是我办公室的一个头儿。她本来没什么问题的，可有一次，批判会上她忽然就主动检查开了。会上,她举着事先写好的稿子高声地念:我,龚某某,虽然阶级成分是下中农,血管里流的是贫下中农的血,但长期在机关工作,没有注意和工农兵相结合,所以竟然慢慢地,成了资产阶级的俘虏,嘿!有鼻子有眼儿的。她这么做,当然是为了挣表现,以攻为守,成为改造得好的,早日站到革命群众一边,而不是群众批判的对象。这样就或许有机会早一些回到省城,脱离干校这个苦海。对这个问题,你黄阿姨最有远见。她对我说过:你放心,不会总叫我们这些人在这里改造的,世道总会变的。再说了,干部下放劳动,搞得粮食年年减产。就说这新品种温州柑吧,我们来的头年,亩产一万八千斤,第二年亩产就成了一万二,第三年才八千斤了。这样下去怎么得了啊?进来一客人,买了点儿什么。完后老太太接着说:提起这龚阿姨两口子,那又是一个故事。刚到干校的时候,我们在五排,他们分到二排。五排管猪牛羊马菜,二排管果园。我们睡的是草垫子,他们只睡硬木板。结果龚阿姨受了寒,病得不轻。我听说她病了,就叫你给她家送草垫子去。而你摸黑跑着给她把草垫子送去了,她却不收,把你又给打发回来了。为了要表明和你爸爸划清界线,后来你爸爸摘掉了反革命的帽子,很快就调回省里工作,还把你也带上走了。而接下来的半年时间里,我却和龚阿姨一起被分配到县里的书店,站同一个柜台。那天,主任通知我说我的调令也来了。我高兴得不得了,回家打点行李,整夜都睡不着。可是到了第二天,主任又忽然把我叫到班上,态度完全变了。他对我说:

你调令虽然来了，但这工作却暂时不能找人来接。可是可是，干校不是还有……我当然知道干校有人。可我指的是这柜台的货是你们两个人盘点的，就得卖到下一次盘点。中间不能换人。是吧，小龚？主任这么一说，我才反应过来。自己只顾高兴，竟忘了龚阿姨。这会儿原单位只调我不调她们俩，人家心里该有多难受。我马上答应干完这一期。等三个月，盘点完后，说不定龚阿姨两口子的调令也就来了，大家一起走。三个月总算扳手指头给扳到了。可仍然没有龚阿姨的调令。盘点完后，我要走了，她嘱咐我叫我回单位后别忘了给她们写信。我答应了。回到了单位，忙过一阵子后，我给龚阿姨写了一封信。在信里我对她说：现在单位里有不少新人，有几个从体委退役的运动员，还有一些来自工农兵的年轻党员。大概是组织上要给知识分子集中的单位掺沙子吧。可现在各项业务正在恢复当中，其实很需要懂业务的人。我刚回来，对新领导还不熟悉，以后有机会一定向领导提一提：不但是你们两口子，下放到其他干校的还有很多人，都应该回来工作，顺便告诉你，现在单位的一把手，是一个南下干部，原先在局里做过军代表。

信发出去后，一直没有回音。慢慢地，我也就忘了这事儿了。后来的两三年里，下放到各地的干部，陆陆续续都调回来了。也不知为什么，就剩龚阿姨这两口子，还在那县里站柜台。有一天，忽然见到她来单位转转，看看。当时没什么人答理她，老同志见了顶多也就打个招呼点个头而已。惟独我，觉得很难得，和她好几年的干校校友不说，还一同站了小半年的柜台。为这我高兴得不得了，招呼她跟我一起打饭吃饭，聊干校的那些人和事。这时单位领导走过来，我连忙介绍龚阿姨。就见领导眉头都不抬地看了她两眼，转过来对我说：老王，下午一上班请你到我办公室来一下。送走了龚阿姨，我下午一上班就进了领导的办公室，找我什么事儿？我说。看你跟这个龚某某，还挺亲热的嘛！啊，哈？我不知道领导这话是什么意思。你从干校回来后，有没有跟她联系过？好像，不记得了。看着领导那么样地板着个脸，我不觉地含糊其辞起来。有没有写过信？嗯，刚回来时好像写过一封吧，有什么问题吗？你还记得你写了些什么吗？我，不记得了。就见贺领导很生气的样子，从抽屉里拿出一封信来，往我面前一摔：看你还一口一个战友呢，人家早就把你给卖了！我心怦怦直跳，打开了那封信，你猜怎么着？龚阿姨把我给告了！原来她收到我的信以后，写了一封揭发信，把我的信附上，告到局政工组了！在信里，她写道：请看老王是怎么看待工农兵干部的，言下之意就是工农干部水平低，不能很好地工作。更为严重的是，诬蔑党的与工农相结合的方针政策是掺沙子，我一边看那信，一边浑身发抖。我生气她怎么会是这样的人？我那信是在安慰她，同情她，帮助她。她怎么竟会拿着这样的信把我给告了呢？我生气自己怎么会瞎了眼，中午还请她吃饭！领导告诉我说：这信三年前就从那时候的局革命委员会政工组转到我这里了。可是我反复看了你的信，觉得你说的没有错。当时的情况就是如你所说的一样，新同志业务上需要有老同志来传、帮、带。相反这个龚某某的揭发信，暴露了她是一个专爱背后搞鬼的小人。所以，到现在，我把所有能调回来的都调回来了。可我就是不调他们俩！

怎么回事儿？这半天没见有人来买东西？是不是见我在这里脸红脖子粗的，客人都不敢进来了？我说：下班时间早过了。老太太忙说：让我把这点儿故事说完。这龚阿姨两口子，从干校出来后，又一直在那县里待了八年，才终于调回省城的一所学校工作。有一次我出差回到省城，正在酒店大堂等车接的时候，忽然有人拍我的肩膀头儿。回头一看，是龚阿姨的爱人，怎么？不认识老朋友了？我说：没想到是你呀。怎么样，你们现在好吗？小龚还好吗？好，当然好了。我们现在都退休了，在家里抱孙子呢。听说你们后来教书去了？是呀，那狗屁单位一直不调我们。哼，那单位不要，自然有人要。抓住他这句话，我说：你错了，不是单位不要你们，而是你们当时自己把事情弄糟了。小龚要是不写那封信给局政工组，你们早就调回来了。她这么做，用当时一句时髦的话来说，就叫做搬起石头，砸了自己的脚。这时，正好接我的车子到了。我甩开大步走出酒店，留下他，依旧茫然地，站在大堂中央。

吃　饭

　　铺子里，忙里忙外的，一直就两个人：我自己当经理，管理一个菲律宾女雇员。立规矩的时候，不成文的，周六营业半天。不按加班工资付薪水，只中午那顿饭，由公司掏钱，我跟她下馆子。馆子吃多了也腻。有一回，她请我上她家里去用餐。我当场发现，在馆子里支得跑堂团团转，递完刀子又叫递叉子的，她们菲律宾人在家里吃饭其实全用一只手！五爪金龙地把饭和菜先在盘子里搅拌匀了，再撮到手指窝里，最后用拇指往嘴里送。看着就跟一群要饭的似的。

　　"文革"后期，在干校，我读的是农中。住读，每个礼拜回一趟家。赶路上学的时候，把下一个礼拜的米，装在一个细条的袋子里，斜背在背上。那边挎着书包，扎上腰带，卷起裤脚，跟红军似的。吃饭用的是瓦罐子，圆口平底，用油漆写上名字。每顿饭要提前到厨房大爷那儿去放米，吃多少就往自己的瓦罐子里倒多少，也没洗米这一说。厨房大爷然后往每个罐子里浇点儿清水，一层一层的，摆放到一个大铁锅上，蒸。那时候，一个月的伙食费，除了米，也就两块钱。中饭三分钱，只有菜，晚饭加一片肉，五分钱。省一点儿，不要那片肉，一块八也够了。更早一点儿，"文革"前，单位上职工无论家庭还是单身，一般都打饭吃，很少自己做。食堂大师傅把煮好的米饭捣碎，盛进箩筐里。开饭的时候使一半大的海碗舀，也不戴手套。满一碗算四两饭，抖两抖算三两饭，这边手再上去给抹平了，就是二两饭。也有家庭要自己做饭的，不是炉子挨着炉子在集体的厨房里做，就是楼道里各自门前堆上蜂窝煤点上炉子做。没有冰箱，剩菜就摆在小桌上，盖一纱罩防苍蝇。现在想起来真奇怪。那时候，再热的天气，剩菜就这么放个两三天，也不会坏的。当然，坏了也照吃不误。

收入还不错的人家，啥鸡呀鱼呀的，都偷着做，偷着吃，别露富。收入糟糕的人家，啥鸡呀鱼呀的，都偷着抓，偷着养，不声张。倒是有家上海人，收入挺一般的，就住我家对门儿，每天楼道里支个小桌子吃饭，天天有鱼。我就跟老爸闹：看人对门儿天天有鱼吃。老爸急了，回了一句：小半斤的鲫鱼吃一礼拜，星期三才翻身，那也叫吃鱼？大点儿的食堂，比如大学里的学生食堂，米饭是一铝托一铝托，上架推进蒸笼里蒸出来的。大师傅使刀划，横三竖二这么一划，铲出来一个方块就是四两。学工程的，村儿里来的多，都是棒小伙，能吃。早点是一根筷子插到底，最少仨馒头。下午踢完球回来，经常是两个方块儿，八两米饭才算饱。我最能吃的时候是十七八岁在农村插队的时候。每年冬天，小伙子们都争相报名到县里参加修水利。不但工分给得满给得高，主要是吃得好。每天定量是二斤一两大米，大鱼大肉的，加上米酒，放开了吃。吃得夜里帐篷四周全是毒蛇、蜈蚣和野狗，生物链另一端的大哥大。出去撒野，出去吐，全得小心，大手电筒照着。回到知青组就别想这么吃了。非常小心地吃，老喝粥，还每年都吃超了自己的口粮。生产队工分值本来就低，加上常分点儿花生油、花生米、塘鱼、柑橙、烟叶啥的，年年算下来都欠队里的钱。唉，一想起这吃饭来，就生气美国那个最后是胖死的低炭减肥法的创始人。他死了活该！该死的不知道把多少人给骗了，整得人都不吃大米饭了，其中包括我的女儿，已经几年粒米未进，整天吃从超市买来的纸盒子里的东西，那玩意儿能当饭吃吗？唉！

我的大学

难忘一九七六

到农村去

毛主席教导我们说：农村是一个广阔的天地，在那里是可以大有作为的。

这巨幅语录牌，从我们刚进校的时候起，就一直树立在高中部的操场边上。我们就要离开母校，离开老师和工宣队员，离开父母和兄妹。我们就要到农村，到边疆，到祖国最需要的地方去了。扎根农村一辈子，争做革命接班人！第一个把决心书贴到教室走廊上的那位同学，第二天居然入团了。一夜之间，决心书就如同当年的大字报一般，贴满了校园。

没想到我的决心书，因为没有写明一辈子，当天就让班团支书给撕了下来，并且引得全体毕业班学生留校三天，讨论一辈子还是一阵子？为此又请来了已经抽回城的和仍在插队的老知青到校作报告。直到连我都明白了：虽然实际情况可能是一阵子，但思想上要觉悟到一辈子这一道理为止。市里为了欢送应届毕业生去农村，照例在中心广场上举行一年一度的誓师大会。那天，广场上一早儿就人山人海，红旗招展，锣鼓喧天。送知青的车子前面挂着"光荣车"、"热烈欢送"的牌子，两侧则挂着各式标语和口号牌。飘扬的旗子上分别写着："省科技局——邕田县上寨公社"、"市第一运输公司——高林瑶族自治县后岭公社"等等的单位及去向标识。我们，胸前戴着大红花，腰肩斜挎着"为人民服务"的绿色书包和绿色军用水壶。手里拿着小软皮本子，被这热闹非凡的气氛感染着，发自内心地觉得自己光荣，不停地穿梭于人海车队之间，想会合自己学校的同学，想互相留下要去扎根的山名寨址，留下几句豪迈的话。兴奋无比的我们，此刻完全没有理会前来送行的父母和家人。父母为什么会流泪？为什么不希望我们在这时候乱跑开去？为什么总要扯着我们，要和我们多待一会儿？许多年之后，我才感悟出当时父母的心情和这沸腾的场面有着多么大的反差。大会在烈日当头时结束。车队开始慢慢地、一辆接一辆地动起来。锣鼓声、鞭炮声顿时响成一片，一下子盖住了高音喇叭里叫喊的口号。走在汽车长龙最前面的，是另一个学校誓言扎根最边远、最艰苦的地方，并且永不回城的当年全市之先进典型。只见他/她们，迎风站在带顶篷的解放牌军车上，嗓子已经沙哑，眼含激动的泪花，背上一大片汗湿印，大红花已经握在手中，不停地、拼命地挥舞。车队徐徐从主席台前驶过，看不到头，也看不到尾。车上车下，锣鼓声、鞭炮声、口号声、歌声，此时还夹杂了哭喊声，交织成一曲永远难忘的乐章，至今在我心中不时地回响和激荡。

记得那一天是一九七六年八月二十九日。十天以后，伟大领袖毛主席忽然辞世。

跌宕的一九七六年

都说一九七六年是中国多灾多难的一年。如今，我不会这么认为。可在当时，从一个十七岁孩子的心灵里，我所感受到的一切，的确是悲远远大于喜。如果说当年的红卫兵去长征串连、去造反武斗是经风雨，见世面，那我们这一代，能够在十六七岁时赶上一九七六年，也算是经了点儿风雨，见了点儿世面了。尽管不是在广场大楼中，而是在广阔天地里。

那年一月，周总理逝世，那个悲呀，校广播室的两个女生播音员念悼词都念不下去，泣不成声。最后是我上去念完的，强忍着不哭，怀着沉重的使命感。七月里，又走了一个朱总司令，跟着又来了个唐山大地震，这回是成千上万的家庭悲痛欲绝。

那天，太阳就要落山的时候，我们正有说有笑地开垦生产队分给知青的自留地。忽然，远远的，久违了的高音喇叭，隐隐约约地从公社的方向传来，一听那声腔，那速度，我们其中一个女知青还没弄清楚是谁呢，条件反射，"哇"的一声先就哭了。一边撂下锄头，撒腿往村里跑。待到晓得是毛主席他老人家逝世了，来的

35

这些知青那个哭啊，真往死里哭。真是爹亲娘亲不如毛主席亲呢，还是也有点儿想爸爸妈妈了？总之是恨不能将五脏六腑都哭出来。结果弄得本来对毛主席应该有更深的无产阶级感情的贫下中农，这会儿倒目瞪口呆地围着死去活来的知青，看起稀奇来。之后很长的时间里，知青们都如同大病了一场似的，无法振作起来，真的感觉到像被放逐了。大家开始重新审视周围的一切，开始觉悟，今后相当长的时间里，每个人都要面对如今的这一切。

一天，生产队里的民兵排长夜里十点了，来敲我们的门。他手里提着一杆长枪，表情严肃而又兴奋，挥手叫我们马上跟他到公社去，说有阶级敌人在活动。公社那边抓到了两个，还有两个跑掉了。到了公社，好多武装民兵都在那里，没见到给抓起来的那两个阶级敌人。说是给打得不轻，已经送到公社卫生所去了。说当天下午，这几个家伙在饮食店里公然散布反动谣言，说江青等几个中央首长结帮反党，给镇压了！首都北京、省府，都闹起来了。有人报到公社，结果，我们跟着紧张了一夜，第二天凌晨刚睡下，大队文书一早儿又来砸门，叫去听传达中央文件，"王张江姚反党集团，篡党夺权，以华国锋为首的党中央，英明决断，一举粉碎"，场子上满是各村的社员群众，大队书记的声音又小，我们迷迷糊糊地就听到这些。可怜昨天那两个运输公司的司机，还在半死不活呢吧！回到屋里，这一觉那个沉哇，天皇老子也叫不开门了。

第一只鸡

从近代太平天国，到北伐，到工农红军，到李宗仁、白崇禧的军事割据，直到今天，壮族一直是中国除了汉族之外最人丁兴旺的民族，也是最招之即来，来之能战，战之能胜的民族。虽然各方城镇里的壮族人如今已基本城市化了，但只要稍稍走得远些，并且在山寨里多住上一段时间，你就能体会到壮族人民所特有的民风族习、山情寨趣了。我插队的地方，刚好就是离开城市不远的一个壮族山寨。这里的族人，一直传颂着两个故事。一个发生在当地，一个发生在外乡，以表明他们的英勇善战。日本侵略军在印度支那取胜之后，从水路越过中国国境，进入了十万大山。在他们沿着公路向北挺进的时候，没料到在这个叫那排的地方，遇到了如此强劲的阻击。激烈的战斗持续了好多天，直到日本人几乎放弃的时候，山头上忽然安静下来，这支没有军服的部队，顽强战斗到最后一个人，把东洋武士给镇住了。此役之后，日本人终于没有能够挺进到南宁，战争就结束了。我插队的那个地方，就是一个匪患很厉害的地方。解放军当年挺进广西，清匪剿匪，后来是匪头儿一声令下，土匪们放下屠刀，立地成佛，就地把枪埋了，开始配合工作队土改。所以，刚进山时，公社主管知青的老李同志就说了：那排和同元这两个生产队，上点儿年纪的贫下中农有四成当年是土匪，所以大家要多加小心。一边还瞪了来的当中最水灵的那个女孩子一眼。

　　每天出三段工，每段工开始时只给知青划三个工分，因为知青的确干起活儿来比社员差劲。就这样还都出不齐工，三天两头儿，不是这个病就是那个病的。那天，我也不行了，第三段没出工。在院子里闲得没事，听见猪在叫，于是转到猪圈去看看，刚好看见不知哪家的鸡，在叨那两头猪的屁股。好哇，原来如此！知青们一直纳闷这猪养不肥，屁股上总见血印子，是不是染什么病了？这下原因叫我给找到了。看那猪让这群鸡给叨得嗷嗷直叫，满圈乱跑，跟溜马似的，如何肥得起来？我猫下腰，拾起半块石头，堵住鸡的退路，突然蹦起来，狠狠地朝惊飞起来的鸡，把那石头扔了过去。真准！其他的鸡飞跑了却有一只被石头打破脑袋，当场毙命。什么叫心惊肉跳，当时的我正是这感觉。坏了，贫下中农，不，百分之五十，不，八成是土匪的鸡，竟让我给打死了！怎么办？我四下里一看没人，赶紧跑回屋，不在现场。可坐下一想，不对，那鸡还在现场啊，那是知青的猪圈，今天可就我没出工啊！赶紧猫腰又跑出去，直起来走怕有人会在山坡上看见。把那死鸡提回屋里，还不对，跟着到猪圈把鸡毛拾净，把血冲净，这才放心回到屋里。面对硬在地上的死鸡，我老半天才有了点儿思绪。没有人看见，可没有人看见不等于没有这回事儿啊！社员回家一数，少一只鸡，会来找。知青回来也会看见，然后会有比我还怕事的，主动找队长、支书坦白。男知青不说，女知青谁能保证？我一边在院子里踱步，一边想计策。不行，说什么也不能让任何人看见，不留痕迹，然后才能死不承认。就在这时，我注意到了厨房后面的那个沼气池。这沼气池，是公社叫挖的，口小池大，还挺深。初时我们什么乱七八糟的都往里扔，指望有一天能沤出沼气来，烧火点灯，也算把知识运用一把。后来看看远不是那么回事儿，就撂下没人管了。敞着盖儿，下面是半池的污水。我三下五去二，将那死鸡连同鸡毛用塑料袋装好，扎好袋口，装作漫不经心地走到池边，松手将其丢落池中。心想这下可万无一失了，转身回屋休息。等等就快到收工的时候了，我一边生火煮饭，忽然想到该去看一眼那只鸡。真是不看不知道，一看吓一跳：那该死的鸡，这会儿连同那塑料袋子一起，漂浮在水面上！我这心一下子又蹦回到喉头，半天难咽下去。这下完了，这下完蛋了！不但事情将大白，连企图毁尸灭迹的过程都将大白于天下了。我眼睛死死地盯着池子里的那只鸡，此时此刻它就如同电影里那颗漂浮的、巨大的水雷，越来越近，一触即发。眼看社员们，不，百分之五十，八成的土匪，就要回来了，已经听得见知青们在远山呼唤：勤出工，齐出工，快到年底哟，要分红，找一个村姑，安家落户，天黑以后哟，上床铺，这调子是山歌的调子，只是词儿让哥儿几个给改了。听着这歌声，我忽然觉得坦然，因为此时，太阳已经掉到山的那一边去了。晚饭后，我把男知青们都叫到一块儿，向大家坦白自己所做的蠢事，那晚，借着月光，哥儿几个将那只鸡捞起来。烫皮去毛，开膛破肚，整只下锅清炖了。就着酱油碟子，大伙儿边吃边乐，一直兴奋到后半夜。这大概是至今为止吃过的最美味的一只鸡了。插队的那些年里，知青们偷鸡摸狗，啥都干过，胆子并且越来越大，比土匪还要土匪。然而，每当我想起这第一只鸡，就会联想到孔老二的那个什么人之初，性本善。唉，说得还真是一点儿也没错啊！

谁吃了我的猪潲

我们十几个人，七八条枪（男的），那会儿同插在高马一带的一个生产队里，叫那排。知青组有组长、副组长。组长是男的就不说了。这副组长说是分管伙食，其实也就是管着知青组小仓库里锁着的那一缸大米。选副组长的时候，大伙儿心里都明白，要叫个男的出来管大米，到了一定是半年糠菜半年粮，队里分配的口粮绝对吃超。所以，就选了个女的。

却没想到她们几个女的成天价嘀嘀咕咕的，心思全在那缸子米上，变着法儿不叫我们男爷们儿吃饱肚子。肚子不饱，下地里干活儿的时候体力就不足，体力不足就会给生产队长派到尽是些老弱病残的轻活儿组，轻活儿组活儿轻，挣的工分儿也就少。壮年组一天满算十二个工分儿，轻活儿组最多只给你九个。出工的时间一样的长，收工时那肚子也是一样的饿，到了年终口粮还要扣减。如此，恶性循环，来年岂不更得勒紧裤腰带干活儿？不行！哥儿几个商量：哪里有压迫，哪里就有反

41

抗！

真羡慕邻村那个知青组，女多男少，十比三。看他们吃饭就像是看一家人似的：团团围坐，你让着我，我让着你，细嚼慢咽的，那边灶台子上，居然还有汤！反观我们组，经常是饭没焖熟就抢光了，菜没上桌就扒光了。一个个横乎横乎的，狼吞虎咽，散开，从来坐不到一块儿。

知青组是轮值日烧饭的，可小仓库的钥匙攥在副组长的手里，我们要想吃饱，就得想法子，哪怕是偷着往锅里多抓一把米，也是胜利。具体怎么跟她们斗争，如今早忘了，也不是本篇急于要讨论的内容。总之最后是副组长把大家都找来，摊牌：怎么办吧？管饱不够，管够不饱。你们又叫我管，又要跟我作斗争，老娘，不干了！

也真是的，在此之前仅女知青们嘀嘀咕咕，而她这一撂担子，放开了吃才没几天，我们全体犯嘀咕：快没米了！大家于是出主意，不能眼瞅着没活路，知青组由此掀起了自救热潮。

有回城找种子公司走后门弄来优良菜种的，有赶早儿抢着挑大粪往自留地里浇菜的；有进深山砍回来大树头，打上孔，种木耳的；有一改懒惰，科学养猪的（我），还加上养鸡下蛋，养鸭养鹅的。如此一来，饭菜增加了油水，节约了大米，哥们儿很快走出恶（饿）境。

后话当然是：邻村知青组由于男欢女爱，争风吃醋的，早早分灶，打得一塌糊涂，各自为阵了。而我们才慢慢地，一张桌子坐下来，不分菜，有汤喝，加上经常偷鸡摸狗的，伙食是越来越好。

知青组内部再分工的时候，由于我比较喜欢动物，平时这猪又都是我惦记着喂，因此大家选我做饲养员。不用上山砍柴，不用下地淋菜，也不用轮值做饭。我每天除了上队里的工，就是一早一晚喂两回家畜（不包括狗，狗不用喂）。最多的时候，四头猪、四十多只鸡（社员的鸡也混在里面，数不清楚，只多不少）、十八只鸭子（鸭子要放，回来如果少了，就去偷回来，所以也不会少）、三只鹅。

猪鸡鸭鹅，喂的时候是一块儿喂的。用的是猪食槽，鸡和鸭子，忘了究竟谁怕谁了？反正得分先后喂。划地为界，用矮篱笆把凶的挡在外面，等弱的快吃饱了，才放凶的进来吃。最后，连猪也放进来。一槽干糠一槽稀汤，加上砍碎的红薯藤、菜叶子。看着它们夺槽争食，连最后一粒米糠也叨来吃了，很是享受。

兴旺的时候，我搭了个全村最高级的鸡窝。下面是笼子，也不关门。上面是一高一低两排下蛋的窝，四五米长。蛋窝的上面，再搭盖上遮挡日晒雨淋的油毡。鸡多，热闹，把小半个村子鸡都招来知青组下蛋。我们每天鸡蛋吃不完。老是鸡蛋炒木耳，鸡蛋炒木耳。吃伤了，之后几十年不敢再吃。原来小仓库里只一个米缸，现在是俩，一个专门用来摆鸡鸭蛋。小半缸的米，上面铺上蛋，不容易坏。

科学喂猪，我当时用了不少心思。干的，稀的，生的，熟的。对，就是熟的。用洗米水、薯藤、米糠、烂菜、剩饭（对，真的有剩饭）等，下大锅煮。待噼里啪啦翻开了就灭火，上盖儿。第二天，早一槽晚一槽，那猪就像催肥似的那么长。南方把这叫猪潲，猛料啊！

记得我煮猪潲喂猪才没两天，早上起来一看，奇怪！一大锅的猪潲，居然，没了!? 丈二和尚摸不着头脑，这米干面净的一口空锅，猪潲上哪儿去了？第二天，我压好了锅盖顶好了厨房的门，守夜到三更，以为没事儿了。结果早上起来一看，还是一口空锅!?

他娘的，狗！这满村的野狗干的好事儿，知青一致认为！晚上，煮好了猪潲，几个人扛来大石头，重重地压在盖子上，房前门后备好了打狗棍，老子今儿就不睡了。看我扁不死你个该死的。可惜又到三更，实在支持不住，一个个昏昏睡去。

他娘的！第二天早上起来开门一看，我又昏过去了！大石头跑到锅里，盖子叫狗给咬烂了，顶歪了，又一口空锅！一条大狗，可能从窗户钻进厨房的时候还勉强，等吃饱了撑的，从窗户再也钻不出去了。就在我打开厨房门的时候，它闷不吭声，夹着尾巴窜了出去，还吓了我一跳。

不行了，行行好，想想办法吧。这全村的狗这么养，养不起呀。这猪还喂不喂了？我求大伙儿给出个主意。哎，那副组长，出了个点子，真黑！（是不是平时她就想对我们男知青养的狗这样下毒手来着？我心里打鼓！）当晚，在煮猪潲的时候，我们敲碎了好几个空瓶子，把大到拇指头大小的玻璃碴子通统倒进铁锅里，搅匀，上盖儿。然后，男知青带上各自的狗，到邻村串队去了，三更半夜才回来。不出所料，等回来时，那一锅搅匀了玻璃碴子的猪潲，又给舔得干干净净。

终于可以呼呼大睡，做梦村里的狗至少死球一半儿，真他娘的，过瘾！

出乎意料的是，村儿里，第二天，问遍了，没谁提死狗的事儿。就是这么简单，把我气得冒泡儿：猪潲就算了，可那些玻璃碴子呢，那些玻璃碴子哪儿去了？都叫狗给吃了？是啊，是叫狗吃了。可狗吃了没事儿啊？

打那以后，只好每天煮了猪潲，连那口大锅一块儿，一步一挪的，抬回我屋里。我每天守着猪潲打呼噜。

别跟我提狗的故事

　　一九七六年，也是一条狗，那种靠吃屎长大的癞皮狗。我们几个知青赶圩去公社，它摇着尾巴，不知从什么时候起，跟了我一路。见我终于对它有点儿意思了，尾巴摇得更欢，扑上来做亲昵状。舌头，那么脏的舌头，到处乱舔。一舔我就扇它嘴巴子。它嗷嗷叫，夹着尾巴跑开。等你走远了，又跟上来，又摇尾巴。如此三四回合，终于，它只摇头摆尾，再不张嘴。带回知青点儿，给了它个名字（早忘了），养起来。那时男知青几乎每人都有自己的狗，而公推我这条狗最乖。白天寸步不离跟我开荒种地，晚上自然跟了村上的狗出去觅屎饱肚。不用操心它的吃喝拉撒，它只求你认它是你的狗。而且的而且，从来不在人前乱吐舌头，自知之明得很。我训练它，土块儿扔出去，不管多远，叼回来的，决不是假冒伪劣。奔跑的速度极快，逢山过山，逢水过水，直来直去，从不绕弯儿。

　　知青之间，也互相攀比，看谁的狗最听它主人的使唤。几个家伙各自为阵，站在不同的方向，把数条狗围在中间，然后狂喊自己狗的名字，命令自己的狗从狗堆里出列，走到自己的面前，坐下，才算完成。结果证明，我这条狗是最听我的话的。它率先出列，一屁股蹲在我面前，目不斜视。任其他知青再怎么喊，纹丝不动。我叫过来就过来，我叫坐下就坐下。如此，还往往带动其他一两条狗同坐在我的面前。这种时候，我能乐晕过去。唉，说到这儿，就再多写它一笔。

记得有一回我出工走得急，随手把它关在了我住的土屋子里。等收工回来的时候，老远就听见它在屋子里呜呜地嚎叫。开门一看，天翻地覆：蚊帐席子，挂在门上墙上的衣服，撕得稀巴烂。门上，墙上，一道道的划印。我气得在它扑上我身的时候，飞起一脚，踢得它八丈远，吓得它跑进林子躲了三天三夜没敢再露面。

当知青的时候，我们几乎不洗衣服。土屋里墙上门上，挂一排，早起挨着把鼻子贴上去闻一闻，哪件汗臭味最小，就披挂上阵。收工回来脱下，还挨着挂。尤其我有几件衣服，都是父亲当年复员时候发的旧军服，咔叽布的，补丁加补丁，都发黄了。那军服虽经历了串连，经历了五七干校都不舍得扔，传给我了。因为那是四个口袋的军服，表明父亲曾经当的是官儿，不是兵。居然这会儿都叫这狗给从墙上扯下来，撕得稀巴烂，我能不火大？

那狗，等再回来的时候，不知从哪儿惹来一身虱子。那虱子咬得它痒起来满地打滚，任哪儿都蹭。半边身子的毛，几天就掉光了。不是被蹭光的，就是被虱子吃光的，好难看好难看。它越来越不堪折磨，精神越来越不好，身上也越来越瘦得皮包骨。

本来不想理它，想它去死算了。可有一天，我们在院子里逗其他的狗玩，正开心呢，忽然看见它在老远站着，歪着脑袋，望着我。它那尾巴想摇不敢摇的姿势，那眼睛里的眼神，我受不了。又听人说狗长了虱子可以用煤油给它去掉。我于是唤它过来，摁着它给它擦煤油。那煤油辣得它嗷嗷叫，撒腿就跑，不敢回来。第二天只要它回来，我又摁着它擦油。如此三番五次，它一定觉得我是彻底不想要它了，挣脱跑掉以后，好久没有消息。

后来是在地里干活儿的时候，忽然就看见它混在知青的狗堆里，活蹦乱跳的，半身嫩毛半身老毛，我有点儿喜出望外，跟它重归于好。

那狗，跟了我有大半年，学会了撵鸭子，扑鸡，守夜，叫门。也不知怎么养的，那时候，知青的狗就只认知青。知青串队来的，无论再远道而来，穿得再农民，它们都不叫，亲得很，认得是自家人，不亦乐乎。可只要是队里社员什么的来了，哪怕是队长、指导员来关怀咱们了，它们必是一哄而上，如狼似虎，转圈儿围着吠个不停。整得贫下中农，但凡是要来知青组的，都知道必先抄条棍棒啥的，以防不测。

可惜呀！我的这条狗，到最后竟然是让我给锄死的。

我去锄地开荒，它跟在一旁。我锄头起来，带起来一块土，它蹭地往上扑，去抢那土。我一下没收住手，再下来的锄头喀地一下，正好劈在它脑袋瓜子上。它，它，它平时也老看我锄地，是不会瞎往上蹿的。一定是那一秒钟看走了眼，以为那土块儿不是锄出来的，而是从我手里，扔出来的。它当场没断气，很久也没断气。从地里回到知青点儿，一路，我小心地挑着它。它的眼睛，一直就这么看着我，老实地趴着，就这么看着我。一切的不解，一切的不怨，一切的不舍，都在那含水的眼睛里。大伙儿笑话我没出息，剁头去尾，开膛破肚，把它烧来吃了。我重感情，没动筷子。

今天，键盘上敲着它的故事，脑子里回响着的，还是当年知青们边吃狗肉边拿我开涮的嘻笑声：阿猪！那狗头砍下来，可那眼睛还那么样看着你呢，嘻嘻，哈哈哈！

他们知道，赌我，不敢再看它一眼。

阿猪高考的故事

一九七七年

　　一九七七年，当初插进山来的这些个知青，正互相比拼工分谁高谁低，劳动谁积极谁不积极；大队书记、公社主管知青的老李那儿，谁说得上话谁说不上话；甚至开始放风，在县里市里省里，还认识谁谁谁的，正拼足了劲儿看谁抽出去抽得早，抽得好。那种能早抽决不晚抽的快感，呵呵，强烈地吸引着每一个知青。谁也没有想到，伟大的上山下乡运动，到此已快要结束了。

　　但见，一线光明，照在我的脸上，也照在大家的脸上，甚至也照在了许多山里社青的脸上。连小队年轻的会计、大队的赤脚医生、农中的语文老师，等等等等，脸上都放射着同样的光芒。

　　这就是恢复高考给当时"广阔天地"带来的喜悦。难以置信，难以置信那越传越真的、划时代的谣言。我连续向不同的地方发出咨询信，请求确认。可得到的答复，直到今天，也不能令我满意。

老妈当时正好在大学里参加编书。本以为她可以给我一个关于高考的最权威的解释。可是，我收到的回信，居然一如既往，仍旧是要求我：坚守本职工作，继续挣表现，争取入团（简直不可能的事儿）和，不要不切合实际，犯异想天开的老毛病！特别交待我不能回城复习，脱离生产岗位，给自己的历史留下污点。

因此，一九七七年的高考，我没有回城复习。就凭着省里图书馆及时送来的流动书箱里几本有关的书，凭着一颗比天还高的心，边挣工分儿边学习。奇怪的是，身边竟没一个人是回城复习的。大家都在知青组耗着，好像枕头底下藏着的，是同一封信似的。再不就是对那早抽的快感，仍怀有无比的渴望。

一九七七年的高考，我考的是文科。猛不丁叫大家分出文科理科来，说真的，学的时候就都是糊里糊涂，靠小组同学举手得的成绩。这会儿能来理科的，有几个？而如果是考文科，呵呵，我当时想，舍我其谁呀？呵呵，非我莫属啊，简直！

新成立的制片厂，曾经专门来公社借调过我两次，去帮他们改剧本，我就没认为这是沾了老爸的光，全当是自己真了不起了。老爸写的那些东西，我都不爱看，一向持批评态度：假，大，空。而老爸却总是夸我写得好：有契诃夫的细腻，有欧·亨利的结构。挑一篇，该找个刊物，发表发表。可惜的是你老爱写不符合文艺路线主流的东西。现在的主流是高，大，全，你管它假不假，大不大，空不空的。

到了填志愿的时候，我依然心比天高，飘飘然地，报了北大、南大，都是文学专业。然后，咬着笔头儿，就再也想不出哪个大学还有可能配收我这个学生了。因此，最下面那一栏里，我勾了——不服从分配！

分数下来了，分数线也下来了，那种打击，在那一天之前，从没有过。完全是出于面子，我仍跟着大伙儿一块去体检。可心里，已经在想明年了。

最最沉重的打击，是我的语文，居然只考了 50 分，不及格。不知是哪个王八蛋改我的卷子？怎么就那么看不上我写的那篇作文？我写了满满四篇纸，考场上，两次举手要草稿纸；考完了，还惊奇自己居然临场灵机一动，能找到这么个《难忘的日子》。我写自己初次登上长城，壮怀激烈，好一篇《好汉歌》，一份《出师表》。居然不给分，一分不给！

去它的评分标准吧！为什么我就非得写规定的那几个日子，规定的那几件国家大事，才能得到规定的那几十分呢？是几十分，不是几分啊！我后来终于知道。

资料——阿猪一九七七年高考分数：语文 50，数学 40，史地 90，政治 80。

七七级走读生

一九七七年高考，考试的时候都快年底了。所以新生注册开学，是到了一九七八年春节之后。忽然就又有消息传来，身边的知青忽然都纷纷溜回城里，找门路，到大学做走读生去了。

各地各高校决定扩招走读生，据说主要的原因有两个：一、当初分发学生材料的时候不够科学，是各学校先把第一志愿报了自己学校的学生考试材料统统拿走，看完之后再把达不到要求的、学校不要的（比如我这号的）材料往第二志愿送，依次类推。因此很多考得不错的学生，当第一志愿的学校把他们的材料抛出来时，第二志愿的学校已经把比他们考得差些的都录取了。这样一来，像北大、清华这类的重点学校，就抛出来很多分数很高、但却没有考上大学的学生。安排这些考生走读，多给他们一个机会，也使高考录取机制更加有效和公平。二、各地各高校，在很短的时间内，调集了师资力量和扩充了校舍教室，几乎每个学校，或多或少的，都可以再扩招一些学生。于是纷纷把计划招收走读生的人数上报，向更多的考生伸出温暖的臂膀。

到了这个时候，扑谁的怀里我都无所谓了，哪怕能上个大专啥的，只要人家肯要我。老爸老妈腿都快跑断了，为我找后门，也只有走后门了，因为我那不服从分配的选择，把所有的前门全给堵死了。妈妈每次跑完回来，看见我就气不打一处来：你说你，好好的，你填个不服从分配干啥呀你？这会儿谁那么大胆子揽这事儿啊？这是一个考生对待国家安排的态度问题你懂不懂？那阵子，我心里难受极了，屋里屋外，灰头土脸的。同一个队里的，同一个院儿里的，中学同一个班的，这个也考上了，那个也考上了，谁家不是欢天喜地的呀？好不容易，市里师范大专班的负责人，终于被我爸妈说服了，同意发表给我填。这师范学校，高考的时候只招的中专班。这会儿师资齐了，教室也能安排出来，就计划多招两个班的大专班，一个中文班，一个数学班。重新发表，重新填。表的下面，让考生重新选择：是否服从分配？

表交上去之后，不放心。夜里敲门跑去找人家，多少趟，我还是没被录取。竞争激烈，学校考虑了多方面的因素，这个决定，不是我一个人能说了算的！给我们开后门的那位负责人，到最后是真不愿意再见到我们了。

我家还有一个报走读生的，就是远在京城的表哥。也是一个心比天高的主儿，遗传！当初清华录取了他，因为不是他想去的专业，居然就拒绝了，不去！这次招走读，又被北工大挑中了，专业好，他也顶不住家里的压力，就去了。表哥后来研究生上的北航，博士读的是清华当初他想学的那个专业，梦想成真。在清华还做了几年的老师。后来去了美国，在硅谷斯坦福爱因斯坦实验室做项目负责。如今赶上美国高科技泡沫，他失业在家正策划开软件公司呢！

走读生班开学以后，死了这条心的我，背上沉重的包袱，又回知青组去了。

一九七八年

一九七七年高考的彻底失败，使我要上大学的欲望愈加强烈。全身心的，就只有这一个目标，悠悠万事，惟此为大。那股子力量，这辈子再没有过。我一头扎进复习中，总是憧憬着自己以无可挑剔的成绩，跨入北大校门的那一天。

受了一九七七年高考作文评分的刺激，不，是受不了一九七七年高考作文评分的刺激，害怕了。安排复习计划的时候，我把历史、地理放在一边，按文科的要求复习语文，按理科的要求复习数学，潜意识里，准备随时改考理工科。

语文，我感觉这一次是复习得太棒了！底朝天地把图书馆书库里的书翻了个遍不说，把《大学语文》都过了不下两遍。数学更不用说了，成兴趣了，抓起题目就想做，大有跟难以计其数的题解集、习题集、竞赛题集等等比拼，看是你穷尽我还是我穷尽你的架式。

记得很清楚的两件事：文革以来的教材，有的几何定理是中学从来就没涉及过的比如弦切角定理。我在做文革前的数学竞赛题的时候，居然证明了它！把画出来的图拿回去问过数学老师，她也以为我是天才。后来才发现，这原本就是一定理。《科学画报》那年发了一道题叫重排九宫，给出正确答案的人里，我也算一个。

我的母校，是一所省重点中学。我让城里的哥们儿，帮我回母校报名，进了高考补习班。只一块八毛钱的学费，改变了我的一生。五一节，没打招呼，我从农村跑回家，准备上课。没曾想，那天，老爸抄大棒子打我！

不是因为我偷偷回城，而是因为我报的是文科补习班！很少见过老爸发这么大的脾气，非打到我改考理科不罢休的样子。道理，在他看来，再简单不过了：没看见你老子这辈子是怎么过来的吗？

那晚，我离家出走，跑哥们儿那儿打地铺。同是插友，他也劝我考理科。就剩俩月了，这物理化学，怎么来得及？门儿都没有啊！来得及，还有我嘛！半夜了，他开始教我牛顿第一定律。

从此，我没日没夜地往前赶。化学，在总复习之前，仅仅安排了十二天的时间。每天晚上看书都要看到一两点、两三点。尽管是这样，很多内容还是没有复习到。或者虽然书是过了一遍，可更多的习题，来不及做，就上考场了。比如，全电路欧姆定律。

记得我和另外俩哥们儿，在高考前还组织了一次是模是样的预考。借了大学一间教室，自己印的考卷，还真的报名来了几十个考生。有补习班的同学、插队的队友、院儿里的伙伴儿，我们仨，数理化，各编一科的题，互相保密。我负责的是化学，题目还拿去叫补习班的老师过过目。我并且监考化学，改化学的卷子。考场上，大家静悄悄的，考完了听我讲解答案，更是目瞪口呆，鸦雀无声。那感觉，真是棒极了！题目的量，考试的时间，每一题的分数，都恰到好处。到现在，提起那次自发的预考，我们仍然津津乐道。因为后来，国家也年年搞预考，令我们仨，总有先驱般的满足感。

真正的考试，还是回到公社去考的。到了这个时候，对贫下中农的白眼，我们这些知情已经无所畏惧了。工分算个球啊？你爱怎么着怎么着吧！全公社四百个知青，浩浩荡荡地，开进考场。

　　我因为中间忽然改了考理科，心里七上八下的。语文是任何新的复习材料，连一个字也没看，就连数学，也觉得没有当初那么有把握了。可偶尔闪一眼身边这些知青，居然是排着队要上清华的。我们有个知青组，口号是非清华北大不上！有意思的是，分数下来的时候，他们组考得最好的，总分才一百八十，那家伙其中还有两科及格了，所以剩下的三科，加一块儿，不到半百。

　　最后一科考完，大家都在笑。我们仨，组织过预考的，闷一块儿喝酒，却哭了！这么个考法，我还得在山沟里再蹲一年。划拉划拉，该会的，由于粗心，白白错了怕有六七十分。咍！那位连酒杯子都给摔了，简直无法原谅自己。

　　没想到分数下来，我幸运过了全国普通大学录取线。沾光的首先是数学。虽然所有计算题我全做错了，可所有证明题的分数我全对了。还有物理，考场上，现炒现卖，那道全电路欧姆定律的计算题，我的答案居然是正确答案。沉重的打击，还是语文，不知怎么搞的，我稀里糊涂的只得了38.5分。当初还信誓旦旦地顶撞老爸呢，幸亏没考文科。

　　又到了填志愿的时候。这回，我先勾的服从分配，然后才填志愿。想好了要当老师，从师范大学到师范学校，报了整整齐齐的一串师范。跟我从牛顿三大定律开讲的那哥们儿，他倒没考好。看了我的志愿，给提了一条：为啥不报个铁道学院？

　　我明白，这铁道学院是他一九七七年高考的第一志愿。人家看过材料，还专门见了他一面。分数是没说的，超了。可人长得有点儿矮，而且瘦弱，结果人家没要。这仇，他曾经发誓是要报的，这会儿，就看我了。没说的，我把其中一个师范的志愿，改成了铁道学院工程系。

没有想到，一排的师范没中，这铁道学院的工程系却中了。

原来老妈去过招生办，看见了我的材料，跟人家说了说，就把我的材料，跳过前面的志愿，先送铁道学院去了。因为我大舅一辈子在铁路工作，养了五个娃，我妈小的时候，甚至还带过我妈。家里直到现在人丁兴旺，欢蹦乱跳的。在老妈眼里，那才是铁饭碗。看见我的志愿里有个铁道学院，老妈当时一定是喜出望外。

我在知青组里等录取通知，干着急。生产队里的活儿是肯定不会干了。知青这院儿里，也没几个人了。因为这时候，也正是各单位来招工的时候。知青们一个一个正往外抽呢，都蹲不住，回去走后门，找快感去了。剩我每天茶饭无思，百无聊赖，六神无主的。

最后一段小插曲，就好比黎明前的黑暗，记忆犹新。那天，看见地上成群的蚂蚁，心血来潮，要灭了它们。我点着了油毡，烧啊烧，快感不可名状。正忘乎所以之中，忽然一大滴子燃烧的油毡，落到我脚面子上。甩甩不掉，拍拍不灭，那油毡把我烧得猪样叫，痛死我了。

结果，这烧蚂蚁的伤，酷暑之中没愈合好，感染了破伤风。我脚肿得完全走不动路，一条红线，眼看着，顺小腿大腿这么往上窜，据说要是长到大腿根儿，我就完了。

终于，通知书到我手中的时候，箱包早已打好。告别了社员、插友，我拄着拐杖，一瘸一瘸地，迈向未来。

资料——阿猪一九七八年高考分数：语文 38.5，数学 59，物理 61，化学 78.5，政治 68。

孤独的长跑者

我其实是完全没有任何运动天赋的，之所以记录下下面这段经历，是觉得它在自己走过的人生路程当中，起到过非常重要的作用，甚至左右着自己的精神世界，直到今天。

打不赢就跑

你越来越不像话了，只差二十五分钟了，今天你一准儿迟到。母亲一边将中午吃的往我的书包里塞，一边冲我吼着。我对此已经习惯了，因为我知道自己不会迟到，现在，我只用二十分钟就能跑完从干校到农中这段路程。离开家，跑过小桥，跑过树林，跑上了铁路。我背着书包，光着脚丫子。三年前，我们全家和其他几户人家一起，从省城下放到这里。县五七干校原来是一个劳改农场，有个小学叫干校小学，我就是在那里读的五年级。我们几个从省城来的孩子，在刚来时，对周围的孩子完全无法适应。因为父母经常是干校的批斗对象，又因为我们任何农活儿也不会，怕脏怕臭，还肩不能挑，手不能提的，所以在学校经常会成为众矢之的。老师批、点，同学笑、闹。弄得不好就挨欺负，哭着回家。到了上初中时，离家最近的中学就是县里的城关公社五七中学。从干校到学校，数铁路的里程碑就有六公里。刚去的时候，我因为家离得远，是住校生。到了那时，我已经够乡下的了，不怕脏不怕累，会挑能提，可还是受欺负。这回是县城里的同学，欺负我们乡下来的！我不服，跟人打架，被打得浑身是血。家里于是就再不让我住校，改成走读了。我越跑越快，这段铁路已经跑了快两年了，哪里该在枕木间大跨一步，哪里该下到路肩上跑，什么时候会来火车，我门儿清！记得开始的时候，每天走路往返学校是件很累人的事。有时候提前一个多小时上路，仍旧迟到。为了赶快一点儿，于是就常常不走路肩，改走枕木了。可枕木走起来并不舒服，一枕一步，步子太小，像舞台小生走碎步一般。而两枕一步，步子又太大，跨不像跨，跳不像跳的，反而慢了。跑吧，在枕木上跑起来真舒服，可谓大步流星，脚底生风。一路山青水秀，田园风光，我并不感觉孤独。

为了一碗红烧肉

大一的时候，班上除了一个带工资的老大哥，就属我领不到助学金。不是因为家庭收入超标，而是因为比起别人，缺了一个心眼儿。很多同学，都虚报了家庭成员数目或者家庭收入，把人数报高，将收入报低。学校也不作过细的调查，只要学生所填报的家庭人均月收入低于二十元人民币，就相应批、发助学金。结果是，很多同学，吃得好，穿得好，有皮鞋，有手表的，每月还能领到甲等助学金二十一元人民币。而我，每个月家里给汇款十五元做生活费，仅此而已。真是吃了哑巴亏，而且我知道这亏吃大了。好长时间里，我必须省吃俭用，不进城，不排荤菜的队，不看需要买票的电影。因为没钱买球鞋，除了要点名的早操，连体育活动也免了。结果是疏远了大家，孤独了自己，好不得已。新生开运动会，好不热闹。我本来只是旁观，却备受感染，加之班里同学的鼓动，临时报名参加了一千五百米跑。结果出乎所有人的意料，我赤着脚丫子，跑了个第一名，比从高年级请来带跑的那位还快！连我自己都觉得不可思议，完全没有对当年那六公里的枕木产生任何联想。那时而蹦跳，时而奔跑的日子，早已被淡忘了。这下可好，班里同学为我庆祝，系里发了优胜奖状，院体育教研室的老师也找上门来，真是不亦乐乎！我参加了院田径集训队。教练毫无隐瞒地告诉我，他虽然看不上我跑动的姿势，但却很满意我的成绩。而我，把什么都隐瞒了，其实我对参加田径队毫无兴趣，但却很想要那每天三毛钱的集训伙食补贴，免费的运动鞋和全套的运动服装。我开始吃荤菜了，每天一碗红烧肉。

跑起来的感觉

我花了很长的时间，才明白这些练习长跑的要点：纠正姿势，调整呼吸，克服极点，提高步频，锻炼耐力，量度配合，保持状态，循序渐进。我花了更长的时间，才明白这些要点，同时也适用于人生的长跑，并且更具意义。如果说，最初只是为了一碗红烧肉而去长跑。那么，后来的我，就完全是另一个人了。是长跑改变了我，使我渐渐地投入其中，渐渐地享受其情趣，渐渐地领悟其奥妙，我发疯一般地训练。早上，同学们起床洗漱时，我已跑完十多公里，夹着书本背单词去了。下午，照常参加田径队的训练。晚上从图书馆出来，我还会穿上钉鞋，在跑道上冲它几十个来回，风雨无阻。四年时间里，得了无数的奖，破了无数的记录。记得同寝室的同学，从毛巾到暖水瓶，从钢笔到英语字典，全是我参加比赛的奖品。离开学校的时候，院记录，长跑项目全是我的名字。按成绩，我可以是省市级运动员。长跑是自娱的运动，并不枯燥。长跑者也多是自得其乐的人，并不像人们想象的那般孤独，当你一大早儿伴着路灯和刚下夜班的骑自行车的工人追逐时；当你汗流浃背，迎着风雨，跑过在屋檐下避雨的人群时；当你随着枪响，起跑出发，眼见别人冲在你前面，但却胸有成竹，自信那最后冲线者非你莫属时；当你超过最后一个竞争对手，穿过夹道欢呼的人群，向着胜利的彩带冲刺时；你所能体会到的快乐、兴奋和骄傲，没有人能比得上。

还有还有，特别值得一提：跑长跑的，无论你当天做事如何不顺，心情多么糟糕，五千米过后，一定烟消云散，荡然无存。

还会孤独

几个月前，我作为代理商，应邀到奥克兰去出席一个酒会。邀请信是连着机票一起寄来的，还为我预订了房间。酒会在奥克兰最好的酒店举行，规格很高，所以很成功。房间是一个两房加客厅的豪华套间，连在酒店餐厅吃饭的账单都是由主人家招待的。可是，正当我故作平常，若无其事地游离于香槟酒和高级领带之间之时，忽然感到一种似曾相识的心慌和孤独！自打参加工作后，我再也没有认真地长跑过，再也没有参加过任何竞技比赛。但是，我仍然不时觉得自己的身心还在不断地跑动当中。人生的漫漫长路，就像是竞技场跑道的延续。在这条长路上，有更多的比赛，更需要长跑者随时处于一个良好的竞技状态。对于一个长跑运动员来说，做赛前准备时，站在起跑线上时，心最发慌，能跑下来吗？还用不用跑？对于一个长跑者来说，孤独感也往往在犹豫的时候才最强烈。跑向哪里去？怎么个跑法？而一旦真正跑起来了，这种心慌和孤独，就会随着不断奋进的步伐而消失。我甚至觉得，这种心慌和孤独的感觉越强烈，自己比赛的成绩就越好，跑起来就越轻松。回想自己跑过来的路，有好多次心慌得厉害，孤独得难受，但跑起来就好了，跑下来就好了。我曾经从外地跑回家乡，从技术跑到管理，从国内跑出国外，从岸上跑下海里。酒会上，我是唯一的中国人。举着酒杯转了一圈，和来的这些宾客也没什么可聊的，大家都是竞争对手，话怎么能投机？再说，我现在的英文水平还不能完全理解洋人的幽默。若是谁打趣一下，众人哈哈迎合，就我一个不解，岂不难堪？我于是坐进一旁的沙发，冷眼群魔。忽然，听见身后有人在谈锻炼：我每天陪夫人打打网球，然后去桑拿。你呢？我的锻炼，是打高尔夫球。每天打三十六个洞。我嘛，钓鱼，什么时候一起去？我那条船，是刚从德国买的。我，孤独地走回自己的套间，一边对自己说：哪儿有个完哪。

周老大的故事

　　江南大学的校长办公室里，郭正校长正在研究一份文件，妻子王佳推门进来。王佳和郭正当年是同班，又一同留校做学生工作。经过二十年的奋斗，如今郭正已荣任校长，王佳也已做了多年的学生处处长了。

　　王佳递上一份本年度 MBA 新生名单，其中有个名字令校长十分惊喜：真的有他？不是说两门不及格，来不了了吗？在读期间只要能补考过关，希望我们照发学位证书。这可是他们省委组织部的意思，所以把他也列上了。你签个字，我这就把通知书发出去。王佳走了，校长陷入了沉思。

　　一九七九年，寒假结束，春季开学时，江南大学的前身，江城工程技术学院工程系七七级一班来了一位新同学，被分配与班长郭正同一个寝室，这位插班生自我介绍叫周继平，原先是七六级的学生，因病休学一年，这会儿只好跟着七七级上课。所以同学们给周继平封了个尊称叫周老大。没过多久，这个周老大就成了班上的热门人物。他是班里唯一一位共产党员，唯一一位带工资的学生，唯一一位不是通过高考进校的老资格工农兵学员。那时，七六级的学生还没离校。周老大于是除了上课之外，经常会回到七六级他原先的班里去玩，很少待在寝室里。可是只要他一回到寝室，就一定会有同学围着，听他摆谱。他的那些社会经历和经验之谈，被同学们传诵着，许多很快成了经典：我们七六级的那个老李，李大胡子知道不？他到现在，别说用计算尺了，乘法除法都不会，可人家是车间主任、省劳动模范。教理论力学的那位王副教授，七四级的学生曾经上着上着课就批他。那是七四级的一个结合到校党委的学生，一次上课时听到王副教授讲混凝土的经济配合比。他先听得一头雾水，后来烦了，忽然就拍桌子站起来，在黑板上歪七扭八地写上——现场批判反动学术权威。愣将那可怜的老朽，批了一个上午。那时候就是这样，一个班分四个组，一个组一个党支部，来的工农兵学员几乎百分之百是党员。谁上课要是听得费劲了，站起来就能开批判会。在周老大的众多的故事里，经典的经典，当数他如何差一点儿当上中共中央委员的故事。周继平出身工人世家，初中没毕业就进了钢铁厂做学徒工。在那火红的年代里，他工作卖力，表现积极。十八岁就已经入了党，做了高炉车间炉前班的班长。月月受表扬，年年都上光荣榜。那一年，省里选代表到北京开会。为了选一个工业战线的代表，组织部发了个紧急通知给钢铁厂，厂里又赶紧一个电话打到高炉车间。车间领导一商量，最具工人阶级形象的，当然非炉前工周继平莫属。可是，当通讯员拿着字条儿来到炉前班时，周继平却因为头天白班完后又顶了一个夜班，这会儿回家睡觉去了。炉前班的另一位共产党员，班副王国富于是欣然领命出发，来到省城。他和其他几十个代表，被安排在省革命委员会招待所里只住了一个晚上，第二天便匆匆启程进京。却原来，代表们要去参加的，不是活学活用的交流会，也不是劳动模范的表彰会，而是中国共产党的全国代表大会。对王国富来说，这可真是福从天降。他作为省里唯一的工业战线的代表，头戴炼钢工人的帽子，坐上了主席团的席位，成了中央候补委员。新的中央委员会名单，在雷鸣般的掌声中通过。王国富他们，带着大会的伟大精神，在会议圆满结束后又回到了省城。几个月后，当王国富重又回到钢铁厂时，除了中央候补委员，头上又多了省党委副书记、省革命委员会副主任、省工交办主任等等头衔。那时候，精兵简政的精神，政府贯彻得相当不错。工交办管着工业与交通，轻纺办管着轻工和纺织，农林办管着农林牧副渔，接下来还有政法办、文教办，依着农、轻、重并举，按比例发展思路，原先厅、局、处、科的牌匾，早已被砸烂，取而代之的，是各级革命委员会。钢铁厂为王国富举行了隆重的欢迎仪式，仪式上，原本根本就不会知道他王国富是何许人也的厂领导班子，这会儿一字排开，王国富与他们一一握手，还是模是样地简要传达了党代表大会的精神。那副架式，大有士别三日、令人刮目相看的来头儿。王国富在厂领导的陪同下，参观了钢铁厂的各主要设施，其中有很多地方诸如控制室、实验室之类，就在几个月之前，他是不够格进入的。最后，一行人来到高炉车间，工人们在车间主任的率领下，夹道欢迎，从前他们的工友，如今他们领导的领导的领导的光临。看到王国富并无受宠若惊的感觉，倒令工友们觉得十分别扭。王国富环顾四周，惟独不见周继平的影子。一问，又是因为头天白班完后又顶了一个夜班，这会儿回家睡觉去了。此时此刻，站在沸腾的炉堂前，王国富下意识地从一个工人手中接过那根熟悉的钢钎，忽然觉得有点儿愧对周继平，觉得应该为他做点儿什么。王国富并没有着意去关照周继平，只是此后，每当他再到钢铁厂视察，或者每当他想起他的这位炉前班长时，便会向厂领导们问起周继平的情况。而往往这平常的一问，就会使周继平的情况有所改善。连周继平自己也弄不明白，自己的运气为什么总是越来越好？很快，周继平就从高炉车间调到了运输处调度室工作。两年后，又从那里脱产进了钢铁厂自己办的职工业余大学。业大毕业出来后，被安排到钢铁厂设计所做技术员。才没过多久，厂里又保送他上了大学，成了工农兵学员。郭正从柜子里拿出一本当年的毕业纪念册，逐页翻开来。纪念册上，每个同学都贴了一张自己认为很风光的黑白照片，很多还留下了简短的、如今读来仍旧情趣盎然的赠言。纪念册的最后，是一张全班的毕业照。那张毕业照，背景是当时的院办公楼。虽然是黑白照片，可同学们一个个看上去都神采飞扬，踌躇满志。然而，整本纪念册里，惟独没有周老大的影子。郭正茫然了好一会儿，才又从柜子里的什么地方翻出来一张彩色照片。这照片上，只有三个人：他自己、王佳和周老大。那是他和王佳结婚时，特意从外省赶来的周老大拉着他们两口子一块儿照的。照片上，王佳分外妖娆，沉溺于极度的幸福之中；周老大的笑容则颇为深沉；而他自己，像是一个骄傲的王子。此时此刻，在大楼的另一间办公室里，王佳也端举着同一张照片在发呆。

时间又回到了一九七九年。这个周老大，不但为人直爽，故事多多，学习也不输这群弟妹们。在班里不但很快成了男同学的中心，也很快赢得了女同学的注目。尤其是王佳，内心隐隐的那种感觉，说不出来，也不可能说出来。说是好奇，佩服，敬重，不够分量；说牵动心扉，打动心房又太犯那个字眼儿。当时的校规校纪三令五申不允许谈恋爱，王佳因此表面装作从不愿涉入周老大的波及范围，但内心却十分留意任何与周老大有关的细节。带工资读书的周老大，当然无论走到哪里，都令跟着他的人感觉更踏实些。他有一个很贵的"卡西欧"计数器，从来不在意与同学分享。他还有一个"海鸥一二〇"相机。尤其到外地实习的时候，班上其他两个女同学必要跟着他走，好留下更多的青春写照。终于，一场选举风波，将王佳和周老大绑到了一起。那一年，北京有了个西单民主墙不说，民主选举区人民代表的活动也在各地有序地开展起来。凡有大学所在的选区，选举活动自然就更加热烈。因为有组织却无牵挂的学生们，作为最年轻的选民，也最敢于表白自己为国为民的心胸。在同市的另一所大学里，也是一个七七级学生，竟然张榜拉票，要参选该区的人民代表。他提出了若干主张，把矛头直接指向现任的区人大代表、该校的党委书记。他获得了大多数学生和不少教职员工的支持，其参选的合法性也不容置疑。可是，让校方和地方政府担心的是，此人正在和一个外国洋人老师谈恋爱！这层国际恋爱关系，对这次选举来说，相当敏感。且一个学生，要是真的坐进了区人大的办公室，会带来一系列的政策配套问题。再说了，该学生的那些有针对性的建议，校方当然明白，可并不是说改就能改的事，弄得不好，引起罢课罢教的，上面绝对要追究。最后的最后，他那咄咄逼人、略显嚣张的气势，实在让刚从"文化大革命"走过来的校领导一班人，难以承受。此事果然越闹越大，各学校有声援的，有学生到市府门前静坐的，有在校内搭建小民主墙，贴校长书记大字报的。最后，是校方使出杀手锏，以该学生严重违反校规校纪，公开在校园内谈恋爱为名，予以除名，连夜退回原籍。校方此举，令该学生在该选区的选举资格，从此化为乌有。校方还公告全区，从此对其在该市的行动不再负责，如有事变，交治安处处理。校园内部，全校关门学习省市新发文件，晓以利害。一场风波，也就此告一段落。这场选举风，当然也吹到了江城工程技术学院，只是在这里所引起的震荡要小得多，学生们也本分得多，连去看热闹的都很少。然而，同学们却没有放过两年一度的班级、系和院学生会组织的改选。一定要民主一把，小试一把把握自己命运的机会。七七级一班的选举，是一边倒的选举。令郭正气恼的不是周老大的得胜，而是半路杀出来的王佳。本来周老大是不善操持政务，缺乏领导才能的，说起话来并不伤人。可让王佳一校正，这火药味儿就有了。好像郭正因为是当初由学校指定的班长，就代表了打压民主、玩弄骗术的政客似的。选举结果，周老大当班长，王佳成了团支部书记。周老大年长王佳八九岁，他当然感觉得到王佳在选举中和选举之后，所作出的各种姿态里包含的意味。王佳这般钟情于他使他感到非常满足，但又总是犹豫，如果任由王佳如此这般径直投入，闹出问题来好不好？问题最终还是闹出来了。

快毕业那年，他俩下了晚自习还在教学楼里谈情说爱，又搂又抱的，刚好让巡视的系书记给抓到了。本来是要严肃处理的，看在周老大是个共产党员的份上，双双从轻。周老大是警告，王佳挨了个通报批评。由于周继平的个人档案，在七六级离校时，已经一并退回了钢铁厂。所以学校这次，把对他的警告处分，寄了一份到钢铁厂备案。没料到，半个月后，钢铁厂一纸行文到学校，通知周继平即刻结业回厂，到设计处报到。

王佳把照片翻过来，按着上面的号码打了一个电话。此时，在千里之外的工业小城，某钢铁厂的附属企业——富国贸易公司的董事长办公室里，王国富，正靠在意大利款式的真皮沙发上，抽烟、喝茶、看报纸。当年腾空而起的王国富，曾做了两届中央委员。终于在"四人帮"倒台之后，从副省长的位置上退了下来。先回到钢铁厂当党委书记，后来，清查"文化大革命""三种人"时，他被停职，接受审查。这一查就是八年，最后不了了之。其间他不用上班，可厅级的工资照发。

他还东跑西跑地在外面帮别人开公司，做生意。据说因为他跟部队有联系，所以那公司挂着军企的牌子，生意还越做越大，赚了不少钱。几年前，周继平当上了钢铁厂主管生产的副厂长。是周继平把王国富又请回来的，把厂里第三产业的龙头公司交给王国富经营，希望能把厂子搞活。谁料想王国富做了富国公司总经理还不到半年，全国的大环境一下子就严了，走私钢材首当其冲，成了省里各级联办的重点。富国公司有两批货也因此砸在这风头上，叫海关给扣了。王国富虽然不是当事人，但作为总经理，负连带责任。从此退到公司二线做了董事长。王国富正专注于报纸，有人不敲门就进来了。

进来的人是周继平。最近老有下岗职工到厂办找事儿，所以他心一烦就会独自开着车，到王国富这边儿来坐坐。闲聊，喝茶，猛抽烟，觉得逃避，散心，没负担。任何时候，只要是周继平来，王国富都会先把"红塔山"递上，然后泡茶。在王国富的办公室里，周继平还专门有一个杯子。他俩也不知从什么时候起，互相间就如同铁哥们儿一般默契。你看到了吗？北京大学的MBA，今年和美国人联合办，毕业直接发美国文凭。这不是笑掉老外大牙的事么？也难怪呀，从今往后，谁要再想闹个高官儿，怕是非得有个MBA什么的牌子不可了。跨世纪国际型管理人才嘛，光读个中央党校怕是已经略显单薄喽！哎，我说周老大，你那读MBA的事儿现在怎么样了？依我看，既然是上面批准你去的，一定是列入培养梯队了，咦？是不是该数到第五梯队了？周继平还在猛抽"红塔山"。刚要开口回王国富的话，口袋里的大哥大忽然叫起来。他看了看对方的号码，站起来走到一边：喂，你好。就知道是这事儿，噢，是吗？我，我，考虑考虑，不会吧？那好吧，再见。问郭正好。对方是王佳。坐回沙发里，周继平又点上一支烟，顺手拿过刚才那张报纸。他一边读着报纸上关于北京大学 MBA 的那篇评论员文章，心里一边却在想着别的事情。周继平这会儿，在想一个人，此人最近被监察部门隔离审查，可能要问罪判死刑。他，就是现任市长陈开扬。说来也巧，这陈开扬当初起飞时，周继平竟然也助过一臂之力。当年，从江城工程技术学院回到钢铁厂，周继平就一直待在设计处。忽然有一天，处长找他谈关于介绍陈开扬入党的事。处长对周继平说：你是老党员了，陈开扬原来又和你在运输处共过事，你应该比较了解他。现在厂里有意要提拔他当副处长兼总工程师。可他因为"文革"那点儿事，至今还不是党员。周继平于是破天荒头一回，做了陈开扬的入党介绍人。从陈开扬做预备党员的那一天算起，到他出任市长，还不到六年：第一年，他很快升任钢铁厂设计处处长；第二年，他被选送中央党校学习；第三年，他升任钢铁厂党委书记；第四第五年，他调任副市长；第六年，他成了市长。谁都看得出来，在陈开扬走的这条青云路上，进入中央党校学习最为关键。那可是一个成功率百分之一百的跳板。许多年以来，市里到处是陈开扬的题字，陈大公子，成了全市最大的包工头、房地产商。就连陈的情妇，也从一个普通服务员，摇身变成了驻香港的单程老板、澳门赌场的常客。还有，还有，然而，今天再看，陈开扬是在劫难逃了。涉嫌贪污、受贿、走私、腐败、专横，他是五毒俱全。前一阵中央专案组还专门派了人来，到钢铁厂翻他的老账，甚至还顺便查了一下陈开扬的入党介绍人的情况。当时没把周继平吓出半身冷汗来。想到这里，周继平一屁股坐到王国富的大班椅上，挥笔给市组织部写了一封信。他在信中写道：本次MBA，我英文、高数均未上线，自认不够资格，把信写好了，周继平又给王佳去了一个电话。然后他拉起王国富说：走，咱们得喝一杯去。

分数线的故事

引子：蓝天白云，沧海茫茫。人蛇船上，蛇头给偷渡客们放映的录像，是印度故事片《流浪者》。电影里，法官大人声嘶力竭地狂叫着：贼的儿子一定是贼！

千禧除夕夜，厦门大学，狂欢一直持续到凌晨。忽然从国际关系专业毕业班的女生（以下称女主角）的寝室里，传来惊叫：宿舍里发现一具男尸，是该班一男生（以下称男配角），而女主角失踪，成了最大的凶杀嫌疑犯！

数年前，福州铁路局下属的福铁一中毕业班的同学聚会，同学们都将进入各自的院校深造，有重点大学、普通大学，也有专科。只一位男生（以下称男主角）没有到场，他是该班唯一的高考落选者。他的缺席，令同学们在唱卡拉 OK 时，没人敢点英文歌曲，也令女主角失魂落魄，他们从小青梅竹马，学习上一路过关。男主角仪表堂堂，是游泳冠军。女主角美丽动人，是班干部。他们的英文都学得很不错，男主角更拔尖一些，英文歌唱得尤其地道。女主角的父亲是铁路局的总工程师，男主角的父亲是专用线上扳道岔的。

高考期间，男主角因感冒发烧，未能良好发挥，不幸落榜。资料——1999年福建省高考录取分数线：重点：615；普通大学：560；专科：532。高考过后，女主角通过老爸帮忙，将男主角安排到鹰潭公务段工作。男主角男儿有志，到岗没多久，便随民工潮，离职南下谋生。大学里，男配角是从北京来的，其父母均是新华社派驻海外的记者。他也是高大雄伟，特别讨女孩子欢心。而且，在厦门大学里，他显得见多识广。资料——1999年北京的高考录取分数线：重点：460；普通大学：425；专科：385。渐渐，令男配角最钟情的，就是对他从来不屑的女主角。自进厦大后从来没有未遂记录的男配角，全方位地向女主角展开持久战，越陷越深。再说男主角南下广东后，几度应聘碰壁。英文虽好，但没有文凭，能在合资工厂仓库做事，已算美差。期间，偶然卷进车匪路霸团伙的活动，适逢数省区联合打击车匪路霸，男主角在福州因熟悉地头而成了唯一的漏网之鱼。此一经历，使男主角发现了另一种活法。他从此出入江湖，自恃英文，仪表上佳，独往独来，专门找老外下手。火车上，酒店里，来无影，去无踪。男主角长时间蒙骗家人，也蒙骗女主角，令女主角时喜时忧。国际关系专业毕业实习，只有男配角和优才生女主角得到了北京新华社实习的机会。正值男配角母亲因病回国修养，北京的一切，男配角的执著，使女主角和新华社签了毕业去向合同。没曾想，飘忽的男主角了解了此事且和男配角在北京有过面识，由此促成了男主角的另一打算。男主角曾骗女主角，说公司将派他去美国，其实，他早有偷渡的想法，只是舍不得女主角。男主角为偷渡做了周密的安排。不料在偶然间被男配角识破，男配角为使女主角彻底诚服，竟将男主角的骗局向女主角摊牌，女主角承受不了如此打击，想到那条分数线竟将男主角划得离她如此之远，想到男主角的分数比男配角要高出 70 分，想到自己这些年来对男主角的误解，她找到男主角，激情表白。

不是资料——三人当年高考分数：女主角：660；男配角：460，男主角：530。男主角其实深爱女主角。但想到女主角前途无量，想到男配角高不可攀，想到自己正受通缉，这会儿分道扬镳主意已定，于是铁面相伤。但不忍让女主角太伤心，于是在女主角一再追问下承认了自己的船期是千禧之夜。男配角猜到男主角就是通缉犯，几经私下跟踪，也了解到那人蛇船的行踪，并再次以此苦谏女主角。女主角无法和男配角再有任何进展，也感到如此一来男配角定会气急告发。她知道在她的生命中不能没有男主角，她内心萌发了一个更加惊人的计划。千禧之夜，女主角将男配角骗到寝室，完事后打的士逃跑，人蛇船就要离开渔村码头，最后一分钟，女主角飞奔而至，全船哗然。男主角跪求蛇头，秘商片刻后，女主角终上贼船。启锚，漂洋过海，四十天后，该船按计划，进入美国海域。又因有意外情况，临时改变计划，继续朝加拿大海域行驶，由于食品及水的严重不足，蛇头按规矩，要先处理女主角。男主角遂以全身贵重金饰及现钞，向蛇头换得女主角性命。他独自跳海，漂向茫茫。两天后，女主角依然被蛇头抛入大海。一美国村民，在海边发现了已经死去的男女主角，警官检查衣物，以图落实身份：有数本护照，少许美金，但是的但是，从男主角的内衣口袋里找到一张纸，是男主角当年高考的分数通知！而在女主角的内衣口袋里，则发现了两张分数通知！由此确认了死者的身份。那是女主角一直想要告诉男主角的：他比你低 70 分啊！这太不公平！资料：政府决定，继上海之后，北京将成为第二个高考不采用全国统一考题而另自编卷的地区，以回避分数线的可比性问题。

在人间

（中国篇）

初到南京

第一次感受南京是在一九八三年九月初。九月，旅游的好季节。而我，更是携新媳妇赶时髦，旅行结婚。当时，告别天津的亲戚，挤上南下的直快客车。站着、靠着，过了一夜。第二天早上才算有个位置让媳妇坐下来，一问，已经到了蚌埠。我实在是困倦难挨，又靠了不知多久，感觉有人起座，赶紧抢先一步，屁股刚一坐下，身边一位靠友言说：南京到了。

严厉打击犯罪活动，简称严打，离开家时还没开始，到南京正好赶上。气氛都不一样，街上除了布告、军警，还多了戴红袖套的街道治保。再看走在街上一脸严肃的人们，一个个全像便衣警察。我们小两口儿被这突如其来的景象镇迫得，喜兴、游兴全无。

登记住宿时掏介绍信手都打抖，弄不清是累的还是吓的。铁道部，勘测院，勘测分队？管登记住宿的那位瞪着我，指着介绍信，说：知道这里是什么地方吗？是省招待所！介绍信要有县处一级的公章才能住宿。你这

个介绍信，勘测分队的，不行。我把介绍信盖章的地方
"勘测分队"几个字小心地撕掉，又到另一家旅社。这
回没提处级的事，可还是不让登记。小两口心里发毛，
把浑身上下的尘土抖了一遍，洗了脸，梳了头，又到另
一家。光有介绍信，没有结婚证不行，内部刚通知的，
不知道现在是严打吗？我的天！想起临行前小两口一致
决定，将结婚证珍藏樟木箱的那一幕，真是天下第一对
大傻瓜！难怪人家瞪我，就跟瞪拐卖少女的似的。直到
很晚，才住进了南京人民防空指挥部的招待所。备战备
荒时的防空洞，这会儿隔出男房区和女房区，成了我们
这类走投无路的外地人的招待所。地道里隔不远有一盏
昏亮的灯，到处尿臊飘溢，鼠瘴留痕，又潮又冷。或许
入住的客人都和我一样，困倦得、被臭气熏得，走不到
通道尽头的厕所就方便了。昏暗处，远远看见媳妇站在
那里叫我：过来！我害怕。她说：你过我的房间来吧，
有个空铺位，到现在还没人，怕是今晚就不会有人了。
溜进媳妇的房间里，我倒头就着了。一副豁出去的架
式。都快中午了，走在南京的街上，我依旧是一副没睡
醒的样子。这时，身边忽然啪啪作响，惊得我和媳妇一
下子靠近了许多。扭身一看，是一位老大娘，推着一个
白木箱子，一边用力拍击两块发光的木块。由于惊吓，
由于好奇，我这下才醒透过来。见我们回身看着她，她
于是就不拍了：膀臂。她冲我们说。我们不懂她是什么
意思，刚要走，她又拍开了。停下，她喊膀臂。要走，
她啪啪。显然是在拍我们俩。终于，她一边喊膀臂，一
边指了指那木箱子的另一边。我恍然大悟，因为那上写

着：棒冰。在南方，我们叫雪条；到了京津，叫冰棍儿。现在，该改叫棒冰了。但老太太的这种击木揽客的离奇方式，我当时是没摸着头脑。直到好多年后，在东京的红灯区里，见到拉皮条的都站在妓馆的门前击掌揽客，也是见人就啪啪啪的，才有所觉悟。听说，现在的南京，这些木块儿已经不复存在了。到南京后，我和媳妇，第一次有了笑容。

上海与方言

　　我最怕的就是人家讲上海话。我们一行三人，其中有一位女士，设计院派的美差，到山东，路过上海。记得是在一九八六年。当时，外地的这些差旅人士，到了南京路、淮海路的，最要紧是找厕所和快餐小面档。我们也不例外。进得面馆，我和牛小姐坐下看东西，老马点面。我刚点上一支烟，跑堂的冲我喊：侬勿要揩烟，好勿拉。我寻思，多余。我刚点上，没想揩呀。过了一会儿，他拉大嗓门儿：同志，勿要揩烟！我站起来，想要跟他理论，我有毛病啊我，刚点的烟就揩掉。老马见状，赶紧抢过话来：他叫你不要揩烟，就是不许吸烟的意思。上海话，揩就是吃。我虽仍旧糊涂，但还是把烟揩了。等了老半天，叫的东西才端上来。但听跑堂的一喊，我顿觉胃翻。来了！他倒像在招揽生意：阿杂大逼，阿碗屁汤！摔到饭桌上的，是一张半大的饼和一碗面片菜汤。噢，一张大饼，一碗片汤！接下来，老马给我们讲了不少上海话的字意。加上回忆起侯老先生有关上海方言的相声，我渐渐明白了上海话和普通话之间，一些音与意的差别。刚才的别扭，也就消了大半。

回住地的公共汽车上，赶上下班人挤，我们东西多，一身汗。忽听身边有人说：阿杂阿地赤佬，们个密道们次来了。我心知人家这是在骂我们几个外地老土，是用味道来贬人，也太损了点儿吧。正想词儿回他，他竟顶着牛小姐的背大声说：侬屙勿屙仔？勿屙仔调一调好勿啦（你下不下站，不下站调一调好不好）？我当下一天的别扭终于爆发，上去就扇他，大打出手。

在公交车队的办公室里，老马拼命地向执勤解释：屙，在上海是下的意思，但在南方是拉的意思，拉大便的拉。上海人称站叫仔，但南方称小宝宝叫仔，上海说换为调，可这在南方是最骂人的话了，尤其是顶着女同志说。对着镜子里鼻青脸肿的我，当时骂了一句：上海话，怎么是这个样子！

庐山宝玉

一个偶然的机会，使我莫名过了一把红楼梦瘾。

记得在那年的日历上，中秋和国庆是同一天。且正因为如此，一个庐山疗养两周的名额，从部里到省厅，从省厅到设计院，又从院办到各个科室，资格人士们竟没一个愿意领此殊荣。中秋团圆，正好国庆大假三天。阖家济济一堂，叫我一个人跑庐山去，算哪门子事儿？室里一位工程师甩出一句。

管事儿的不知怎的，忽然想起了对设计院有"突出贡献"的我：阿猪，你算沾点儿边儿，愿意去庐山疗养吗？他对我说：吃喝玩乐全报销。要是在平时，你小子就算官升三级，也捞不着这等的好事儿！

我轻装爬上第二天的火车，平生唯一一次公费享受度假。随身，只带了一本阿加莎·克利斯蒂的侦探小说。

庐山，历代贤侠的世外桃源，政府高官的疗养圣地，全国百姓的旅游热点。这会儿，更显得暮色苍茫，乱云飞渡，无限风光。在庐山高台的牯岭镇旁，如琴湖畔，曲径深处，散布着不少国家部委一级的疗养院。在当时，这些疗养院，较之伟大领袖的书房、蒋光头的行宫以及庐山会堂等史迹，更使游人觉得朦胧莫测。因为史迹出入凭票，而疗养院出入凭证。票证之间，意义大不相同。

部疗养院，雪白的院墙，红砖的楼，群松环抱，百花争艳，曲径通幽，更有潺潺流水，缭绕云烟，令我不由得心旷神怡，忘乎所以。激动的情绪，简直无法平抑。登记入院时，前台的小姐和我相互愣愣地看了足有两分钟。她呆盯着我，是因为怀疑我的实际身份。在她看来，二十五岁的助理工程师，怎么可以混上山来？一定是什么环节上出了什么差错。而我呆盯着她，是因为在当时那个年代里，无论到哪儿住店，全是老大妈们呼前唤后，还从来没见过如此漂亮姑娘，也干这伺候人的活儿。结果我们都错了。小姐叫来主任，还给什么地方打了电话，才确认眼前这位健硕神气的年轻人，是正儿八经来疗养的。而我，也很快发现，这疗养院里里外外的服务员，全是十八二十的青春少女，并且，一个比一个漂亮。接下来是一系列的不协调和由此引起的误会。在温泉浴室里，老头子们见到我时，先是满脸的莫名其妙，然后是一大堆问题，令我不知所措：部长也到庐山来过国庆？我不是部长秘书。那你是新来的医生吧？不，不是。该不会是，李主任的儿子吧？不大像啊？其中一个大胡子，好像忽然大彻大悟：喂，新来的。他冲我叫道：这水温忽冷忽热的，你们早该来调一调了。还有，该换新刀片了。嘿！他干脆把我当成了疗养院的男员工了。我被问得急了，说：等等，我也是来疗养的！没想到，当众人听说我也是来疗养的，问题反而更多：你是？你怎么是？你该不是？你是不是？没个完了。每个来疗养的都要体检。见到我时，那医生笑得几乎直不起腰来。我才发现，她把年龄二十五，自作主张改成了七十五！最难为我的，是去餐厅吃饭。一桌桌老头儿老太太，看我像看妖怪似的，弄得我根本不好意思吃。我因此，一下子成了疗养院的焦点。

　　来疗养的，都是官儿。平时互相之间一聊就是比级别和待遇，往往不欢而散。可到了我这儿反倒没了臭架子，畅所欲言。小姐们，平时也受够了这些官老爷官太太们的气，这会儿对我格外关照。找着机会和我聊天，套近乎。可惜我太过早婚，不然的话，这两周的疗养，真是要狠走一回桃花运的。老人们抢着给我介绍对象，小姐们当中，也有对我大献殷勤的。虽然来疗养的多是权贵，可我却在这权贵集合中，体会着特权：我的房间，每天总是干干净净，里外全新。新到的期刊杂志，总是从我这儿轮起。白天出游，我总是能从餐厅拿到一些小吃，带在路上作午饭。富强粉做的馒头、茶叶蛋、油饼、咸菜，甚至泡温泉，别人不到钟点儿，别想进浴室。而我却总是可以例外，我住在疗养院的二号楼。记得由于小姐们的爱戴，自己受宠若惊飘飘然，不小心犯了个大错误：答应和二号楼轮休的小姐到镇上看电影。庐山电影院建在地下，说是自打小日本有了飞机之后，老蒋就挖了这个防空洞。而且当时每天的电影只有一部，那就是《庐山恋》。结果是，我连着把个《庐山恋》看了不下四五遍！因为一号楼、三号楼、餐厅，小姐一大堆。不去，就说我厚此薄彼，重色轻友，差点儿还引起小姐们之间的友情纠纷。最后是李主任刷下脸来，我才得以"恋"里逃生。

　　庐山景色风格各异。五老峰、三跌泉、一线天，还有那闻名天下的仙人洞。而我之最爱，却偏偏是险峰之下、依山傍水的东林寺。从疗养院到东林寺，直上直下，死路一条。疗养期间，我竟两度到访。按小姐们的话说，算是创下了空前绝后的院记录。这东林寺，是古时四大书院之一。满堂笔墨，满园书香，蛮对我的胃口。可惜当时它还只是部分开放，所以至今仍留下一些遗憾。直到退房出院时，我才得知：老头老太太们，背地里都叫我，假宝玉。从庐山下来到九江，我买了两根粉肠一瓶四特酒，登上去武汉的轮船。江风凄紧浪涛急，我凭栏眺望远山，整个人还在梦中，忽然给人推了一下：喂！回到你的铺位去，这儿可是二等舱！

下 马 威

第一天到公司上班，还没回过神来，就让人给栽了一赃。

那天，我到得还挺早。站一会儿，坐一会儿，又站一会儿，怎么都不是滋味儿。硕大的办公室，横七竖八的桌椅，老是就我一个人。偶尔也有人进来，出去，又进来，又出去，可看上去都忙得跟啥似的，算不上成心冷落我。

进这公司可真不容易，不但要拉关系，还要有运气。若不是赶上公司新任的老总照例要烧三把火，光我这背景要想进来怕是门儿都没有。再看这些桌子，抽屉都锁得好好的。那天人事部的带着各办公室转时就说了，这工程部里的人都出国了。经理眼下就在非洲，只剩个副的在这儿留守。

这副经理，叫章实，我认识，还打过不少交道。可没想到会在此遭遇，更想不到他会是我的顶头上司。当时心里打鼓：冤家路窄。一边提醒自己：以后凡事要愈加小心，光夹着尾巴做人，怕是不够；一边安慰自己：也许不会出问题，也许人家肚量大，正掂量这事儿呢！电话铃忽然暴响，等了一会儿，见没人进来接，我就接了。

工程部吗？我是博古，跟你们打了招呼的，怎么到现在还不来车接？都几点了？对方劈头就问，口气不一般，把我吓了一跳。

我是这里新来的，你要找谁说话吗？

你们章经理在吗？

我这就去叫。撂下感觉烫手的电话，我在财务部找到了章实。

章经理，有电话找你。叫他经理的时候，我的舌头好像打不起弯儿，很生硬。

是哪里打来的？

我没问，不好意思，一个叫什么古的。

有什么事吗？

好像是问去车子接他的事。

要车？要车打到工程部干什么？几句官腔拉下来，他人根本没动。

不知道。我说完，转身就走。

回到办公室，电话还搁在那儿，等了一会儿，见章实还不来，我又拿起电话。喂？我担心对方已经挂了。

章实吗？昨天开会老总不是定了工程部派车接我的吗？对方没挂，并且质问。

喂，还是我，章经理就来。你是谁？叫什么名字？

章实来了，我赶忙把电话递给他。接下来还没几句话呢，就听章实的声音一下子高了八度。理论声中，给人的感觉是：管你是谁，要车，找老总去呀，找工程部干吗？最后，他一摔电话，满脸涨红，骂骂咧咧地出去了。

办公室又静了下来，我这心里又开始掂量起来。我和章实，是打桥牌认识的。前几年，市里头桥牌并不普及，圈子也并不大，但对他的牌风牌技却屡有所闻，是嘴上不饶人，但凡一张桌子坐下来，和他搭档，就如同你是一个打三个的那种臭牌篓子。

桥牌成行成市，有了协会和比赛以后，章实由于牌打得太臭，转而做了裁判。三搞两不搞的，他成了大赛主裁，而我又总是场上队长。因此，经常为了规则和判罚，发生争执。越是重要的比赛，吵起来就越是不可开交。大家都只当他是茅坑里的石头，又臭又硬，又不懂又爱瞎咋呼。我却往往有理不怕声高，不把他骂到头臭，决不罢休。然而，终因是业余的社团活动，互相间也没有什么私利冲突，吵过骂过也就算了。没曾想，如今，他姥姥的，章实居然是，我的上司！

最后是那博古先生终于到公司了，就听门厅楼道咚咚直响。砰的一声，他推门进来时也是一脸涨红，没好气。跟他迎了个照面，我没敢吱声，他瞪了我一眼，也没言语，回身上楼去了。

约摸十分钟吧，公司董事长、办公室主任等，哗啦啦下来了一帮子人，兴师问罪来了。我又跟他们迎了个照面，董事长进门就喊开了：章实呢？

章实马上就来了。

我问你，刚才博古先生来电话，是谁接的？董事长显然是在压着怒火，先礼后兵。

董事长，这位叫阿猪，你该知道的啦，他一个新来的，哪里清楚什么，章实面不改色心不跳，一边指着我。

什么!？我就料到是这么回事。董事长打断了章实的话，拍案而起，怒目圆睁，暴跳如雷，连珠炮般地转而对我破口大骂：这还得了？我们是企业，不是政府！连起码的礼貌你都不懂？看你就像个红卫兵，刚来的怎么啦，我们是企业，刚来也可以炒你鱿鱼！

事情来得太快，我的反应完全没有跟上。本想看看章实究竟如何能言善辩，化险为夷的。没料到他会如此这般轻松地，就把事情全栽到我的头上。

我木雕一般立定在那里，两眼一抹黑。董事长到底在骂什么我没听全，却听得见章实在对办公室主任说：这博古，也太牛逼了，他算老几？不就公司请来的破顾问吗？怎么就发号施令起来？

呼呼啦啦，人都走了。硕大的办公室里，又只剩下我一个。依然站立在那里，两手成拳，牙根紧咬，直到下班。

之后，很长一段时间里，我成了差点儿被公司开除的红卫兵。博古先生，因为指挥不动下面的部门，连顾问也不当了。因此更叫我，无处申冤。

秘　书

　　国外有一个节日叫秘书节。每到这天，有心的老板就会变着法儿地给秘书一个惊喜，登报表白，请出去吃饭，送花送礼，好让秘书感动，继续秘下去。如今，秘书这个概念很广义，可远可近，可浓可淡，可以是文书、助理或者书记，也可以理解成小姐、小蜜，甚至二奶。在中国的各级政府部门里，秘书更可以是官阶及待遇的表征，因人而异，因部门而异。比如说，小官的秘书就不能叫秘书，要叫通讯员或助理什么的；官当大了则不但有秘书，甚至还要有秘书科，秘书处。秘书也分三六九等，有一般的秘书、机要秘书，有一秘、二秘、三秘，对秘书的称呼，也有所不同。级别低的，叫小张小李就可以了。级别高的则要叫牛秘、杨秘、马秘什么的，不然就失礼了。再高一点儿，就得指着当官儿的叫，比如，朱副省长的秘书，就不能叫朱秘，得叫朱的秘书。同样地，欧阳部长的秘书，就得叫欧阳的秘书，而这秘书本人姓氏名谁，根本不重要。在所有这些形形色色的秘书当中，我认识一位，特别值得一提，他本人叫小朱。

　　小朱在外面叫小朱，可在家里，弟兄五个，他是老大。在村儿里，弟兄几个出来进去的人多势壮，所以小朱从小就是童伙头儿。跟他的孩儿多，惹得起的少。在学校里，老师也明白其所能对其他同学产生的影响，于是特别栽培，着重指教，千方百计让他带坏头。他因此从来就是班干部、校先进、村典型。中学毕业，上山下乡，吃商品粮的叫插队，否则叫回乡。插队知青每年可以选点儿摊派，而回乡知青则只能哪儿来哪儿去，回家乡挖地球。小朱家离县城虽然很近，但不吃商品粮，所以他也算回乡。可没过多久，县里招工，把他作为根正苗红的接班人那一类给招进了县府。先是当通讯员，后来因为一手好字，又做了宣传文书，渐渐成了忙人。那年月，经常会有政治运动，且每次运动一来，县里除了要组织四级干部会议，中央文件传达以外，往往还要派干部下乡，蹲点，进行社教，一边抓典型。终于有一次，这蹲点儿的差事，轮到了小朱。小朱踌躇满志，怀揣入党申请，来到了一个边远的山乡。连他自己也未曾料及，数月之后，当他从那穷乡僻壤走出来时，竟然已是全县的典型、青年人的榜样。

　　却原来，这乡的山里人从来种田靠天吃饭，视水如金。每到下雨，人们便将雨水引进稻田，然后堵住出口，以为是肥水不流，但却因此年年减产。其实稻米高产，秘诀之一就是在抽穗期，排水干田以实谷穗，叫晒田。此时田里若积水不排，不但会造成谷穗空瘪，更容易因日晒温高而淹死稻心，颗粒无收。小朱把城郊的惯例向各村社员干部们灌输，有人于是真的如法炮制。其实很简单，将坡地梯田的最下面一翻田的表土挖出，使之成塘蓄水。挖出的土，晒干后运至坡顶翻田做肥。抽穗期放水入塘，待谷穗饱满后再将塘水抽灌到田里。结果如此一来，单产就翻了几番。人们奔走相告，远近纷纷效仿。大家敬小朱如土地老爷，救命恩人。消息很快传到县里，小朱成了学大寨，兴修水利的典型。接下来，自然是火线入党，跟班学习，脱产专培，好事儿全是他的。运气一来，挡都挡不住。正在专培的小朱，赶上恢复高考，努把子力，他考进了省院。入学前他不凡的经历，和他那党员的身份，使他在大学里一直是学生干部、支部书记。虽然成绩不算最好，年龄不算最老，却因精于世故，善于待人，在同学中深受拥戴，威信极高。毕业分配，自然也占尽风光。根本没有竞争对手，轻松跨入省府大楼。然而这省府可不比当年的县府。机构更大，内耗更多，人们互相间积怨更深，一桩小事，会隐藏一个巨大的陷阱。一个凡人，能拥有一个坚实的后台。在这"官倒一倒倒一片，人霉一霉霉半生"的环境里，初来乍到的新人，无论做什么，须得千万小心谨慎。小朱对此并不陌生，毕竟在县府有过经验。麻雀虽小，五脏俱全。他也明白，这省府岂止一个更字了得。他更以自身特有的敏感，发现了这一切对于一个新人来说，存在极为有利的另一面。新人，人新，与旧怨毫无牵扯，是是非非的旁观者。人们和你摆起野史来，笼络多于排斥，炫耀多于贬低。关键在于你在交道之中，要保持兴趣，并且要仅此而已。别人说什么，无论褒贬，照单全收。千万千万，不要过早表态。其实，在官府里，人无论新老，对任何事情，一旦表了态，就等于把自己交给了别人，就失去了主动。这个道理，很多人都明白，可真正做到的没几个。小朱性格内秀，虽然文笔流畅，但却不善言表，这恰恰是一个新人难得的优点。时间虽不长，小朱对身边的人事已对应自如。进出办公室时的那副神态，从新奇到谨慎，从谨慎到自信，从自信到冷漠。他又当上支部委员了，工作也调整到处长助理的位置。那些先前曾想向他搬弄是非的人，已经开始担心自己当初是否过分失言了，那些先前曾想笼络他的人，已经开始检讨自己当初是否过于轻率了，就连那些一贯胆小怕事的人，也偶尔向他漏几句掏心窝子的话了。最最关键的，是组织上开始注意和考察他了。思路敏捷而又深藏不露，年轻而又有学识，政治上可靠而又历史辉煌。没哪条不是响当当的。调令终于下传：给省里第三把手当秘书。知情的人悄悄告诉他：省里，如今是，第一把手当省长，代表风头；第二把手做书记，代表牵制；这第三把手主人大，代表元老。一份享受荣华的美差。小朱于是成了主席的秘书，自己的名字已经不太重要的那种。在中国，秘书做到小朱这个份上，后面的路不顺都难了。但在此之前能如此这般水到渠成的，实在不多。小朱后来的成就虽然极其精彩，但相比之下，之前的这段故事更具思考意义。因有此文。

陈 DOUBLE

"文化大革命"时，破"四旧"，立"四新"，没谁敢赌。记得班上有位根正苗红的农村子弟，脾气急，因了一句——我敢跟你打赌的口头禅，入红卫兵申请了八次才批。改革开放后，不知为什么，黄赌毒也越来越盛。到今天，"十亿国民九亿赌，还有一亿在炒股"，已成流传曲。而我对国人好赌的真正体会，始于一九八九年。那年三月里，我公派出国，到一荒岛，于是常去酒吧喝酒，偶尔也到老虎机房消磨时间。我就是在这时认识的陈 Double。

那时间，岛上还没有什么中国人，进赌场的就更少见了。所以，我和陈 Double 很快就熟了。他叫陈贵生，是另一家国内公司的驻外经理，Double 这个名字是后来才叫起来的。说是经理，公司在岛上就他一个人。所以看上去俨然一副我行我素的脸面。玩老虎机，翻五张牌，从两个对子到同花大顺，只要牌有型就能赢。在输与赢之间，人与机器之间，贯穿着一股强大的魔力：输了心痛，越痛越想博回；赢了上瘾，直到又输为止。渐渐地，我们这些同室操 coins 的，都因承受能力有限而怯手了。只有陈贵生，依然福星高照，仍旧赌运横生。尤其是他的绝手 Double，能将一个简单的小输赢，数次 Double 之后，变成几百上千美元的出入。从来脸不变色，心，不知道跳不跳。同花大顺，老虎机吐子之最，绝无仅有的机会，几百上千的赔率。从来都是赌徒们追求的最高境界。在赌场里，只要有人如此高中，一定会铃声大作，招来一群输红眼的人的围观。忽然有一天，陈贵生竟将一手高中的同花大顺 Double！暴响的铃声，立刻又静了下来。围观的赌客，不是摇头就是捂嘴。机器也很得意地摊出一张大牌来。我当时心想，这要是我，收下这一千多大洋，转身买它一套岸钓的行头，再也不进赌场了。陈贵生定坐在那里，掏出香烟，有人赶紧给他点上。十好几分钟，他享受着烟雾，好像根本没这回事儿似的。突然，他猛地将烟碾灭，顺手啪地一下，竟然打出一个 A 来。铃声于是复又大作，人们报以热烈的喝彩。Whatadouble！有人高叫。

那天，陈贵生做东，请我们在城里最好馆子豪饮了一番。从此，陈 Double 的名字不胫而走。起先，每到老虎机房总有人让机位。甚至他打机，都有人帮投币。后来他干脆不上机了，在一旁打坐吸烟。凡有赢到一百以上想收的，就叫他来 Double。最威风的时候，他手提大哥大，城里无论哪个老虎机房，只要有人中同花大顺，就给他打电话，请他去 Double！回想当时眼见跟在他车后的车队，真真一条赌场风景线。中国人里出了个赌王。陈 Double 因此成了名人。追星族里有人开始替他计算输赢。据说有时月入三五万，哪里还用上班？更何况，本来就是，将在外，军命有所不受。岛上，中国人越来越多，越来越杂，老虎机房的生意可火了。有些暴富，一天输个万儿八千的，就跟玩儿一样。除了睡觉，整天就泡在老虎机房里，甚至连吃饭，都雇人去餐厅买来。这种气势，把那些当地鬼子比得服服帖帖。平时瞧不起中国人，可在赌场里，绝对不敢。生意火红，老板自然高兴，可这陈 Double，却始终是赌场老板的一块心病。终于有一天，赌场的老板娘想出了一损招，在所有的老虎机房里，都立了个关云长的供香台！老板娘玩风水，烧香了，是冲着陈 Double 来的。老板娘昨天去了山顶那个机房烧香，因为陈 Double 昨天在那里接连 Double了两个同花大顺。这类对话，一时成了岛上赌客的见面必谈（顺便提一句，当时岛上赌场最大的老板也是一位华人）。

　　我公派到期回国，等再次回到岛上时，已经是很久以后了。赌场还是那么的旺，还是那么多的中国人。只是再也没有见到陈 Double。我于是打电话到他原来的公司，被告知他已奉令回国，并且下落不明。新来的经理对我说：后来的陈 Double，终于输光了所有赢来的钱，并且还把大量公款也输进去了。公司派了人来，安排他回国。可他却在拿到机票后失踪了。大概过了一个星期吧，夜里忽然有人在厨房翻东西。一看，他又回来了。蓬头垢面，气急败坏。喊着，到处找砍刀，把大家都吓住了。原来，他把机票卖了，还有身上最后的几百美金，一起全拿到老虎机房一搏去了。他不相信自己那光辉的历史，竟会去得如此无影无踪。他孤注一掷，希望多少能扳回些本钱。否则出国了好几年，一个子儿也拿不回家里去，如何交待得过去？他的老婆和孩子还等着他的钱，办户口，农转非呢。陈 Double 又 Double 了一个同花大顺。他知道，这是他最后的机会。不幸的是，这一次，他彻底地连同自己的自信和对美好生活的追求一起，输给了老虎机。他狂喊要砍刀，要把自己的手砍了。因为那只手，把他最后的钱也输掉了。陈 Double 的确是上了飞机回国了，但到机场接他的妻儿却始终没有见到他。听到这儿，我放下经理的电话，才发现自己的手里，不知什么时候，也握着一把砍刀。

沙漠惊魂

一九九三年六月，我和一百多名中国工程技术人员一起被派到巴基斯坦，在那里工作了十八个月。

导弹危机

苏联侵占了阿富汗八年，使那里一时成了世界军火试验场。而巴基斯坦则成了阿富汗抵抗运动的大后方。抵抗运动的大本营很多都处在阿富汗和巴基斯坦的边境地区，有的甚至分散在巴基斯坦境内的城乡里，连部落的首领其实也都是在巴基斯坦有家室的人，汗·布柯提就是其中很有实力的一位部落领袖。布柯提家族在巴基斯坦很有名，因为其部落处于巴基斯坦最荒无人烟的沙漠中心，就是在当年欧洲人统治时期也没有将其彻底征服，所以历代布柯提的后裔都以民族英雄自居，而历届当政者对布柯提家族也是既笼络又提防，尤其是上世纪七十年代在布柯提部落边缘的沙漠地区发现了巴基斯坦唯一的天然气之后。

阿富汗战争期间，在布柯提的部落营地里竟装备有当时美国新型的导弹，其家族成员也曾高居地方及国会的要职，家族的实力得到了非常的扩充。苏联从阿富汗撤军后，随着世界格局的变化，美俄关系也在迅速转变。而美国曾向当年的阿富汗抵抗运动部落提供军火援助一事，美国方面是不愿意坦承的。而存留于布柯提部落的那些导弹，既然战时未曾使用，此刻就更有必要收回，至少不能留在部落的手中。然而事情的进展并不顺利，布柯提家族由于不满新上台的政府没有兑现其在选举前对布柯提家族的承诺，也正想利用这些导弹的敏感关系来威胁现政府。由于部落要价太高，谈判破裂，巴基斯坦政府不得不采取强硬手段，突然袭击，将导弹从部落的营地劫持归案。这下可逼急了部落头子汗·布柯提。

进军沙漠

印度河贯穿巴基斯坦境内，百分之九十的流量被用来改善两岸的土壤和水利环境，是世界上利用率最高的河流。沿河修筑着十数个水坝，引出无数条水渠，这些水渠，就像是巴基斯坦人赖以生存的血脉。政府每年要花费巨额资金对其进行维护和扩充。我们工作的那条水渠叫帕菲渠，正好经过布柯提部落所处的沙漠地带，其中好长的一段，水渠的中心线就是领地的边界线。我们要做的是将水渠多年形成的淤积清除，恢复和扩大水渠流量。因此，我们的营地散布在一百八十公里的渠道的两旁。这里是全世界有人口生活最热的地区，白天，在宿舍门廊的阴凉处，我们测量到的最高温度是六十四摄氏度；鸡蛋浅埋在沙地里十分钟就熟了。记得有一回，突然停电，恰好我们营地的自备发电机也出了问题，大家由于长时间离开空调而热得受不了，最后只好全体驱车到离营地二百公里的镇上开房住了两天旅馆。沙漠里还时常会有沙暴。沙暴本来是暴风雨，但雨水还未及地面就蒸发了。而狂风卷起的沙石比雨水更可怕。一次，在赶回营地的路上，我们的车遇上了沙暴。有经验的当地随车武装护卫教我们将汽车开到路堤下地势较凹的地方。待沙暴过去后，我们惊异地发现，汽车迎风沙的一面已经像被砂纸打擦过一样，车漆全掉了，剩下一面锃亮的金属壳。除了恶劣的气候，令我们难以忍受的就是食品的缺乏了。市场上买不到带叶子的青菜，我们营地的食品及调配料供应，几乎全靠每周从八百公里以外的卡拉奇转运。有一回，运送食品的车子坏在半路，结果等东西运到营地，肉类食品已经发臭了。我们也想办法获取一些新鲜食物，在营地里开辟菜园，猎杀野猪和四脚蛇，更多的是在渠道里抓鳖。在国内金贵得不得了的鳖，在这儿满渠都是，实际上，渠道里除了鳖几乎什么鱼也没有，这是因为渠道每年都要停水检修，只有鳖能在停水期里深钻淤泥之中而免于一死，到了有水的时候，那些新来的小鱼就成了鳖的美食。我们开始时什么鳖都吃，最大的有半个桌面那么大，几十公斤重，后来觉得还是小一点儿的鳖肉嫩，再后来就只吃鳖的裙边了，抓到鳖之后，剪下它的裙边，将其又放回水里。我们就这样在沙漠里工作着。

绑架之风

近半个世纪，印度被巴基斯坦视为头号大敌。在印巴之争中，中国始终坚定不移地站在巴基斯坦一边，曾经为了声援巴基斯坦而两度兵破中印边境。因此，巴基斯坦对中国也是尊若兄长，呼应如一。当年中美结束对立，恢复接触，美方使者基辛格博士就是在巴基斯坦北部的雪山脚下一处特别官邸里与中国方面的代表秘密会谈的。中巴两国间的这种非常关系体现得也非常具体，互免签证，口岸开放，中国人在巴基斯坦无论走到哪里都会受到最好的礼遇。不幸的是，政府的敌人也十分清楚这一点。首先绑架中国人的并不是布柯提部落。绑架中国人也往往是反政府势力所采取的最后措施。一般先是抗议和骚扰，然后抢银行，暗杀政亲；再不理会，就绑架下级官员，袭击外国人，最后，才会去绑架中国人。把问题这样一步步闹大，政府才会在谈判桌上听他们提出的条件，一如赔款、放人、封官，等等等等。可怜曾有两个中国人，被绑架了十四个月，惊动了沙特有钱有势的王族人士出面调解才绝处逢生。他们原本也是公派工程人员，到期没有回国，且滞留在早已被宣布为危险地区的阿富汗和巴基斯坦边境城市继续承揽私人工程。结果被绑架后，中巴两国政府并未因此而受惊动。待绑匪明白自己绑错了人，恼羞成怒，更加害于他们。

这次绑架，在当时中国官方的报纸上也从未报道过。他们所在的公司，一年多时间里，一直模仿他们的口气给他们在国内的家属打信，就连那位代人打信的小伙子，每次见到我们，一谈起这回事就哭，因为他觉得是自己在骗这些家属，而这些家属的回信却一直都那么亲切，那么信赖，那么期待。在那几年里，先后有八名中国工程人员在巴基斯坦被绑架。

特殊战争

对于汗·布柯提来说，需要向政府讨回包括被强抢的导弹在内的一切重要物资和原先答应的条件。现成的砝码就是这条帕菲渠和正在渠上施工的这百来号中国人。而这一点是亚洲开发银行和巴基斯坦水利部在进行项目设计研究和预算招标时完全没有料到的。因为当时的布柯提家族并未与政府发生如此这些恩恩怨怨，甚至还声称他们可以保护整个工程施工队伍的安全。汗·布柯提是一个身材魁梧，满脸胡茬儿的穆斯林。据说他是在英国接受的高等教育并获得了博士学位，他的领地就像是一个国中之国。在他的手下有一支庞大的卫队，这支卫队同时也充当着整个布柯提部落地区的法官的角色，巴基斯坦政府的司法是管不到布柯提部落的，在布柯提部落地区里也没有一个政府的警察。离奇的是，沿着布柯提地区的边界，倒是长期驻扎着政府的边防军部队。布柯提部落的臣民都疯狂地追随他们的首领。当地人告诉我们，如果有谁背叛了汗·布柯提，就会遭到灭门之灾；如果有谁抗命不从，就会被处死；如果有谁隐瞒不报，就会被赶在铺开的、燃烧的火炭上走过。我们的工作，从一开始就受到来自布柯提部落的干扰，并且不断升级。要求我们雇佣部落的族人做民工，然后就挑闹劳资纠纷。然而真正来工作的人们对我们并无敌意，相反觉得从中国人这里学会了操作设备，学会了修筑技术，而部落头人的要求则的确很过分。要求土地补偿，一时间，沿渠一下子冒出许多大大小小的地主，声称自己拥有地权，不给钱就不让工作。我们于是就改变地段，在没有争议的地方继续工作，一边想办法说服一些不是很凶恶的"地主"。于是就时常发生设备被破坏的事件。政府于是就向渠道派驻了更多的部队，加强对中国工程师的保卫。渠道上于是就不时地开始听见枪声。政府不软反硬的举措，更加恶化了局势。汗·布柯提放出风来，给了政府一个天文数字的一揽子补偿要求。我们夹在政府和部落之间，进退无门。部队开着坦克进驻了我们的营地，架起了高炮机枪。我们出入营地，必须要有军车前后护行。我们工作的地段，部队设双层哨位围护，但情况却变得越来越坏。不断的骚扰，袭击，武装冲突，使工地会在转眼间变成战场。我们的工程师被绑架，我们的警卫被打死，我们的设备被摧毁，连我们的营地都落下了炮弹。这是一场谁也无法取胜的战争，一场谁也不愿公开的战争，一场谁也没有理由的战争。我们的生命受到威胁，但却没有收到过停工的指令，因为一旦停工，作为承包商，业主和保险公司不会因为这场战争而赔偿我们的损失。我们就这样在沙漠里工作着。

沙漠惊魂

我们这些中国的工程技术人员，就这样被莫名其妙地卷进硝烟之中。在大批的边防军还没有进驻营地之前，有一天，我们的一位设备工程师，一大早儿到工地检查设备，只带了两个跟车的警卫，结果忽然遇到布柯提卫队的枪手，他们解除了跟车警卫的武装，将中国工程师蒙上眼睛绑走了。汽车朝沙漠中心开了几十分钟后，他们停下车来，给了中国工程师两瓶矿泉水，指了个方向，就又开着车子跑了。这位工程师，连滚带爬地在沙漠里走了大半天，当天夜里又回到了营地。当时我们又惊又喜，他手里攥着布柯提卫队托交中国工程技术人员的恐吓信，两只脚全是血泡，鞋子早就跑丢了。一天下午，中国工程师和边防军刚离开工地，布柯提的卫队就到了，他们逼迫看守工地的警卫和民工将我们的设备开到渠堤顶上，然后架起肩背式火箭筒，向我们的设备发炮。

边防军和布柯提卫队交过几次火，激烈时打得不可开交。有一次，一位边防军人被打死了，还伤了另外两个，结果边防军出动装甲车，围着我们的营地附近打了一个晚上。对方也不示弱，炮弹就落在我们的宿舍旁，大家匍匐在桌子底下，心惊胆战地过了一夜。第二天，中国工程技术人员暂时退出了工地和营地。最吓人的是有个中国技师，车上带着三个边防军警卫，回营地时掉队了才几分钟的车距，突然迎头出现布柯提卫队的枪手，他身边的警卫全被打死了，他蜷缩在车里，待前面的部队赶回头时，见他也满身是血，以为他也死了，拉出来时才发现他还活着，一点儿没伤，只是人完全吓傻了。我后来终于活着回国了。可每当想起在巴基斯坦的那些日子，那些中国工程技术人员，我就不由得后怕，不由得纳闷，不由得心酸。

嘉利家私

蒙　　刚

　　那年秋天，我刚从巴基斯坦的荒漠硝烟中逃跑回来，还没有来得及休整自己，也没有考虑好下一步作何打算，就被一个老朋友叫到深圳去了。来！帮助我打理一下公司吧，顺便感受一下特区节奏。没等我说考虑考虑，他已经把电话挂了，倒也是快节奏，很对我的口味。按照地址，我在冲天的楼群下，穿流的大道旁，投币的电话亭里，拨通了他公司的电话。阿猪，站在那儿别动，留神旁边那个戴蛤蟆镜的家伙，我立刻就到。就在我们等着信号要过马路的当儿，忽听一位女士连声尖叫。回头一看，只见刚才那个"蛤蟆镜"，抢了包儿和她的项链儿，蟑螂一般，一溜烟就没影了。我重新审视了一下眼前这哥们儿。他叫蒙刚，清华的尖子，国际公司老总的女婿。几年前，我们原本是将要同赴德克萨斯的。由于公司内部的你争我斗，他一气之下，独奔特区。深圳虽然繁华，充满机会，但也不是随便谁都能发的。不瞒你说，我也是三起三落！他一边儿说着，把我让进位于南光大厦三十三层的办公室里。这里不说办公室，叫写字楼。哇！你的这个，写字楼，很堂皇啊。还有望远镜，还有影碟机，还有，我闹不清自己是在客套，还是纯粹刘姥姥进大观园。介绍一下：这位是杨小姐，公司会计。这位姓李，南宁二中的校友，大户室的拍档，现在是股东。蒙刚一一介绍公司的伙计。还有一位，等你来拍板。酒楼喝茶时，蒙刚将想法和盘托出：这些年，玩心跳，干的多是虚的。炒股票，卖楼花，套外汇，倒批文。如今，股市低迷，楼花过剩，银根缩紧，海关换人。余地和油水，已经盖不住风险，该求实了。所以，背靠特区，投资内地，想重回老家，在南宁开店，卖深圳家私。

他倒是单刀直入，简单明了。

小胡姑娘

第二天，我开始进入角色。从深圳到宝安，从香江到海马，逐一考察特区正处风头的家私零售业。所到之处，我是既不打算买任何东西，又要尽量全面地了解人家的经营管理内容。所以，既不能过分爽快，最后不买，惹得店家恼羞成怒；又不能一副吝啬刁钻的样子，使人不爱搭理。蒙刚叫来一个姑娘，做我的向导。这姑娘，叫胡雪芳，是一年前从四川来的打工妹，在宝安的海马家私城做领班。蒙刚他们考察市场时遇到了她，立刻被她的美丽风采和专业水平吸引。于是想把她挖到公司里来。这小胡姑娘，不但人长得漂亮，而且谈吐亲切，反应敏捷。更令我惊奇的是，一问，她才十五岁！初中还没念完，家境不容，就只身到特区闯荡来了。如果不问，还当她是川大刚毕业的校花呢！每到一处，小胡姑娘由于谁都认识，自然不方便带我进店。但她却能把每家店营销的路数，产品的来源，道出个八九不离十。到最后，我干脆停下车来，找个小馆子，坐下听小胡姑娘如数家珍般地介绍家私和家私的购销特点。几天下来，我对在南宁开家私城已经很有兴趣，也充满信心了。尤其是每当想到能有小胡姑娘这样的帮手。

李 中 然

四个股东里，数他最像个书生。他叫李中然，蒙刚高中的同桌，原先一直在银行做信贷科长。股票的强大诱惑，使他辞官下海，如醉如痴。最后和蒙刚一起，携手坐进了大户室，直到深圳股市大崩盘。不是亲身经历，无法体会那是多么的刺激。虽然高度近视，可一谈起炒股，李中然总是不顾场合，下意识地摘掉眼镜：那时候，每天过了中午才起床，一看股票，自己的身价又涨了五万、八万。别人喝的下午茶，对我们来说，算是早茶。然后的节目通常是台球、麻将、三鞭老汤，当然也少不了泡妞。仍是单身的他，眉飞色舞，好不潇洒，和戴上眼镜时那副憨厚的样子，判若两人。我们比较了深圳、保安、东莞三地的二百多个家私生产厂家的资料，两周时间里，马不停蹄地造访了其中的六十多家。最后选定了十八家工厂，下了家私城的首批订单。和李中然的合作是很愉快的。谈合同时，我们一个唱红脸，一个唱白脸，争取到了不少的利益。他原来做信贷科长时认识的很多朋友，这会儿也派上了用场。使我们能够成功地和不少厂家谈成了赊账、代理甚至代销性质的协议。为家私城的货源打通了道路。一转身，他就又谈起股票、麻将、靓汤和女人来。我体会这也许就是蒙刚所说的特区节奏吧。今晚，我再带你去一个地方，他几乎每天都会这么说。

莫　叔

南宁的家私同行们，可能不会料到即将来临的威胁。在市中心的几家家私店里，能够令深圳人瞠目的价钱标牌，仍然得意洋洋地晃荡：卧室六件套，三万八千八百八十八元；普通皮沙发，一万六千八百元；而且无论是款式、材料，还是工艺，都输深圳家私一大截。"仓储式平价直销商场"，一个南宁市民尚无概念的新名词，也是我们选定的市场切入点。在新城区的一块政府自留地里，蒙刚通过还有实权的老爸，租了一个场子。说是租赁，可租金极低，足以使我们的家私标价更具竞争力。我们一行从深圳赶回南宁，顾不上歇息，就分头忙开了。蒙刚负责各项执照和资金筹措，小胡姑娘则一头扎进单据和书本里，编分目，写特点，为培训员工做准备。我的事情更多：商场装修，广告设计，管理分解，展示格局，这么多事情，幸亏有莫叔帮忙。莫叔是蒙刚的亲叔，国营工厂的技师，辛苦了几十年，工厂里发不出工资，划定他提前退休了。蒙刚开店，莫叔从一开始就全天候地泡在工地里，从门窗到水电，从内堂到门脸儿，他一清二楚。他有一帮老哥们儿，随叫随到。整个装修，不足十天就完成了。从有货物进库开始，莫叔干脆就住在店里，并且一有空儿就跟着小胡姑娘学装家具。他将原来工厂里的那一套材料进出库管理方法，介绍到店里来。更令我吃惊的是，他还把在机关持铁饭碗的老伴也搭进来了，停薪留职，到店里做了仓库保管员，跟莫叔一块儿干活，才领教什么是主人翁。

麦 凤 平

我们的招聘广告别开生面。不说店员，叫导购小姐，而且六百元一个月起薪，在当时的南宁还是首次。六个导购，结果来应征的不下百人，把李中然忙坏了。真不得了，真不得了，玉腿如林，靓女如云！整得他糊里糊涂的，精神状态不时地闪回深圳的南国电影院。气得蒙刚将他换下，自己亲自操刀面试。小麦，麦凤平，是家私城首批招募的导购小姐之一。她高考落选后，顶母亲的职做了电影院的售票员。往往别人下班她上班，去不得茶楼，进不得舞厅，结果连吹了两个男朋友：早九晚五，我来应聘为的就是这个。蒙刚见她伶牙俐齿，心直口快，于是就留下了。培训是很严格的。小胡姑娘嫣然一副妈妈生的姿态，教小姐们如何走路、化妆、微笑，如何保持与客人的距离，如何用特殊的提问了解客人的需求。另一方面，小姐们还必须在短时间内掌握商品的特性、材料、工艺与价格差异等。当初在海马的时候，我参加了两个月的无薪培训才能上岗。而现在，你们只有两个星期，所以大家回去后，要抓紧把发给你们的材料多过几遍。厂号、型号、颜色号绝对不能错，否则就会影响到收银、仓库、进货，还会引出客人的投诉。小麦他们看上去又兴奋，又疲劳。但越是这样，他们对公司才越有信心。家私城还同时招聘了安装工、保安、收银员和搬运工。经过一周的试营业，门前的霓虹灯终于亮起来了。

从深圳茶楼的股东会，到家私城正式开业，大家一数手指头，前后一共四十天。也该算是特区节奏吧。"嘉利家私，思家丽家"，这句话既是广告词，又是经营宗旨，曾经轰动一时。嘉利家私，从一开张就引起了当地社会和媒体的广泛关注。价格便宜，款式新潮，质量考究，服务尤其令人耳目一新。蒙刚每天忙着应付电台、报社的采访，成了新闻人物。开业才三个月，新城区人民政府就送来了优秀企业的锦旗。营业额更是按月翻番，忙得我不亦乐乎。做了将近半年的经理，我因另有公务而离开了嘉利家私。但每当我回到南宁，总会去蒙刚的办公室坐上个大半天，听他情绪激昂地描绘新的计划和理想。我走后，他先后又搞了嘉利台球城、嘉利1＋1迪斯科、明园新都嘉利西服店等，一个比一个成功。今天，我依然会为当初的说干就干而激动，依然能描绘出嘉利家私初时的每一位职工，依然希望看到嘉利家私在海的那一边疯狂成长，也依然自豪自己，曾经是嘉利家私的一员。

外企沉浮

也算下海

一直为阿爷打工的我，忽然就停薪留职去了广州的一家外企，不知是否也算下海？记得我携家带口，到珠江三角洲度假，在广州，离我们住的酒店不远就有一家人才交流中心。在那儿，我填了一份表，纯属无聊。没想到半年之后，那家中心真的给我寄来一份请柬，邀请我去参加一个高级人才交流会。当中这"高级"俩字儿，很吸引人。我重新打好自己的简历，又飞到广州。

交流会在中山大学的学生会堂里举行。各单位要招聘的职位、薪酬、待遇都有大牌子挂在那里，一目了然。其中更有不少的外企，摊位前里三层外三层地挤满了人。我挤在人群里，也抢着投了几份简历，眼见来的应征者看上去都比我年轻，所以很少去和招聘单位的人面聊，以免自讨没趣。又过了半年，忽然接到某外企人事总监的电话说要见我。心痒痒，我于是再一次飞去广州。这家外企，这会儿和广州的一个政府部门协议，要在市里开一家大型超市，冲着我曾经在美国开店的经历，聘我去，头衔给了个百货经理，薪水很高，简直无法拒绝。

我上班头一件工作，是领着几十个少男少女走街串巷地去推销商场的会员证。公司的营销思路，是推出会员制，以低价争取采购量大的零售商及机构团体客户。定价低量大，现购自运式商场，在台湾叫量贩店。国外已风行很久，而中国则刚刚开始趟这浑水，摸到这块石头。所以，诸多疑虑，关卡重重不提。

每当回忆起我们沿街拍门推销会员证的日子，我就会看见一个个天真求知的面孔，一个个生龙活虎的形象。我们分成小组，每天划出地段，大家都穿着公司的制服，沿街地毯式地，挨门推销。上门求客户，这工作是件很需要脸皮的事。尤其要经得起别人的冷落，推辞，回绝，甚至嘲弄，要不怕失败。我们大部分人，刚开始脸皮子都很薄，成功率非常低。因此，我往往还要先出来，给大家做示范，身先士卒。才知道下海之不易，先要伤脸皮。我一直当阿爷的差，架子放不下来呀。

等把整个广州跑下来，我已经很不要脸了。这段经历，对我后来移民出国，推销手机谋生，实在是大有益处。

无巧不成书

在这家外企的决策层里，一直是没有本地职员的。除了大鼻子老外，就是从港台等地来的所谓海外军团。而所有这些人当中，真正了解中国国情的没几个。更急人的，是当中没一个是搞技术出身的，都不懂工程建设。因此，商场的施工，一直是放任由一家香港的建设公司主包。可承包商毕竟是承包商，怎么会替业主省钱呢？所以工地的问题一出来就没断过，而且逐步越积越多，越积越大。承包商每天给业主打信，歪曲合同条款，推卸自己的责任，甚至要求补偿费用及工期。头都被搞大了的洋老板这会儿急得直跳，满处找专家，希望有个能和公司一心的工程师，来替他主持建设方面的事务。毕竟公司投了几千万美元在商场的建设上，是大头。再说，如果工程一开始就出这么多问题，到时候若不能按期完工，影响开业，他哪里担得起那么大的损失？那天，我接到家里的长途电话，说是一位过去曾在国外一块儿做过工程的老朋友找我，电话都打到家里去了。我急忙给他回了电话。原来他到处找我，是因为他的一个老外朋友，想叫他去主持一个很大的工程。而他最近刚被提拔做了省建公司的头把交椅，实在难以脱身。于是就想到了我，问我是否脱得开身，去帮帮那个老外？可是，我现在也很难呀。电话里，我对他说：才进这家公司没两个月，就跟人家说不干了，怎么好意思呢？公司对我不错，中层干部，还答应要送我出国培训，签证都办好了。再说，我也想见识一下，这国外的量贩店，管理上，究竟是怎么一回事儿呀。什么什么？你说什么？量贩店，你在哪儿？当中层干部？他立马把电话给挂了，我莫名其妙。半小时后，老板走进我的办公室：阿猪，今天中午你不用吃盒饭了。我请客，咱们去南海渔村。原来，那老总的老外朋友，就是这家外企的老板。他电话里说的那个大工程，就是这家外企的商场建设工程。

当天下午，我重新印名片，这回头衔是总工程师。

外商的烦恼

外企在中国投资搞项目，如果需要修建厂房楼宇的话，是不会像他们在世界其他地方一样那么容易顺理成章的，首先就要碰一碰中国的体制。比如土地，中国的土地是完全国有的，叫你花钱购地皮，花完了钱那地皮还终究不是你的。最讨厌的是花完了钱那地皮你还不能马上就用。因为会有很多机构部门甚至个人出面来阻拦，而且一看是外商投资，他们就一个比一个凶，好像这地皮根本就不是国家的，而是他们自己的似的。老外就不懂了，说：征地费也交了，搬迁费也付了，怎么这地皮还是不让动呢？公司在广州的商场，从政府协议批准地皮红线，到最后彻底解决搬迁户问题，历时四年。外资项目的工程施工，也是手续繁多，所有需要进场的施工队伍，必须要有本地的施工资质许可，主包商、分包商，甚至专业设备的供应商，无一例外。可怜许多设备供应商，本来自己来安装并不费事儿，可现在，必须将安装工作当作一个子工程，转包给当地有该专项施工资质的单位。而往往到了最后，由于该单位安装调试的技术水平太差，业主不予验收，还得自己亲自过一遍，赔老鼻子钱了。

更使这些外商不可理解的是：办了国家建设部的许可证，还要到省里建委施工处申请资质。本以为就可以进场施工了，可仍然被广州市的工程施工质量检查站来的那位专管员出示红牌，下令停工。却原来，还少一个市建委颁发的施工资质。记得当时商场工程涉及此问题的就有奥迪斯电梯公司、南非的钢砂耐磨地面承包商、新加坡来的自动扶梯公司、德国的专业货架供应商、菲利普灯具供应商、澳大利亚的钢屋架制造安装公司，以及冷库冰柜、空调通风、防盗系统，等等等等，大大小小十多家外商。

再说设计图纸，按规定，这么大的工程，施工图纸必须由国家 A 级设计院签发，才能用于施工。外商这就得委屈一下，再掏一笔钱，把原先设计好的图纸，再拿去当地设计院，翻译，盖章。这还不算完，图纸到了工地，施工单位仍无法施工。原来，中国的设计图纸，一向是恨不得连钉子下在哪里都画出来的。不然现场的技术员和工长，就不知道该怎么去做。而老外的图纸，却是能多简化就多简化。因为，在国外，施工人员的素质都很高。细部的做法，多半在施工合同中点明，就可以了，不用出图。这工程虽然是香港公司在做总包，可分包单位还是中国工程公司。再往下分，具体干活儿的，大部分还是包工头儿和农民工，不提。

这下可好，设计院除了翻译和盖章，还要再出许多细部图。于是，就对业主说，这属于设计变更，要求追加设计院方面的设计费用。而施工承包商方面，则更进一步，要求因设计院设计变更而发生的施工费用和工期。公司洋老板头大就大在这里。可由于他身边的人也都并不知其所以然，因此直到那天我扔掉盒饭，跟老板一起，走进南海渔村为止，工程看不到一点儿希望。

激流勇退

商场开业的日子终于敲死了。公司里，上上下下，都忙着做最后的准备。我见空钻进洋老板的办公室，向他请辞。自从做了公司的总工程师，我一直没有机会放松自己。在工地，我既是业主代表，又是工程监理。很奇怪这么大的工程，公司竟没有聘请监理工程师，因为追加设计费的事儿一直没扯清楚，设计院的人也总是托辞不愿意去工地。幸得老朋友，省建的老总，鼎力支持，挑了几个负责任的退休高工来帮我打理地盘。工程上的问题，才慢慢得以理顺。开业的日子，由于工程的延误，向后推了不下三次。公司每次开会定日子，我自然就成了众矢之的。部门经理跟我拍桌子，老板冲我摔杯子。更有一回，一个部门，将请柬都发出去了，可开业的日子仍要再向后推延。我喜欢我的工作。喜欢把一个个的问题，当做对自己能力的挑战。老板其实也很喜欢我，从我这里，他了解了问题的所在。一个外企打工仔，如果能像我这样，就算可以的了。公司给配北京吉普、摩托罗拉，还三天两头南海渔村的。可是，令我厌倦、无奈和愤怒的事情，比起所有这些，更强烈地冲击着我做人的原则。我所扮演的角色，使我时刻置身于另一个漩涡之中，遭遇真正的腐败。工程做到一定的程度，就要通过政府各部门的验收。从消防，环保，给水，供电到交警，人防，劳保，卫检，又是十数个衙门。每个衙门，要想通过都不容易，小小一个科长，就能把外商给逼得死去活来。拿消防来说，给了不知道多少银两，一来就拉去桑拿按摩，山珍海味随便点，姑娘小姐随便挑。可还是转过头就不认账。一边威胁要处罚，不予验收。一边又暗示：原则可以商量，向外商索贿。老板没办法，一行六人，从主管到科员，远征了一趟泰国的红灯区，才算拿到了消防临时验收的批件。

再说施工单位，与政府官员相反，每每急你所需，请客送礼。目的就是想偷工减料。我于是点化老板，利用这一官一包的腐败关联，叫承包商去搞定官府的检查人员，很多问题，还真的解决了。我原希望，商场开业后，仍然回去做百货经理的。可这家外企当时计划，继续在中国开更多的商场，还想把我调去新的工地主持工程。我于是激流勇退，匆匆请辞。一九九七年出国移民之前，我特意去了一趟广州，去看看我为之跑断了腿，操碎了心，磨破了嘴皮的商场。但见商场里外熙熙攘攘，二十多个收银台都排满了人，好像他们的小车里装的货品全不要钱似的。这商场的建筑，别具一格。有的可以称是当时中国之最：全国最多停车位的商场，其停车场设计可泊一千三百辆汽车；全国最长的自动斜扶梯；商场还自带一条可日拆四百头猪的流水线。

后记：

前些日子，和当时公司的人事总监通电话时，他告诉我：由于中国的体制和腐败问题，目前该外商已在招标转让其在中国的公司和商场。我听后心里很不是滋味，因有此文。

在人间

（新西兰篇）

我与英文

洋为中用

在张铁生还没有交白卷之前，由于修正主义教育路线回潮，很多中学恢复了英语课。记得我的英语课本，卷首是两条用黑体字写的毛主席语录：我们的教育方针，是使受教育者在德育、智育、体育几方面都得到发展，成为有社会主义觉悟的有文化的劳动者。古为今用，洋为中用。我于是，也算是，在中学学了一点英文。课文尽是些革命化了的内容，学生们纷纷在生词的下面标注上很有点意思的音译。比如：来挖芦笋（革命），客拉死（阶级），龙马趣（长征），等等。读出来倒也琅琅上口，为令人讨厌的英语课带来了一点儿可怜的乐趣。到了快毕业的时候，北京又出了个黄帅。学校于是也不准搞什么毕业考了。毕业班的同学分成小组，逐个、逐科地"讨论"学生的毕业成绩。场面确也十分民主，十分热烈。但现在回想起来，真是滑天下之大稽。同意阿猪英语科成绩为优秀的举手，好，全体通过。组长接着在我的毕业鉴定英语科成绩栏里，填了个优。下一科，同意阿猪的化学科成绩为优秀的举手，我和全中国整整一代人一起，就这样，高中毕业了。

屁　哥

　　和我插在一个知青组里的，刚好有一位很喜欢英文的怪才。他的父亲是个老教授，通几国语言。他从小深受熏陶，英文头脑尤其开窍。父亲的一位老朋友，外文书店的老专家，几年前就收了他这个学生，一直偷偷地教他。插队后，他们仍书信往来，就像函授。他把作业写了寄去，老专家批改了又寄回来。他当时学习的课本，已经全是洋字码了，左右没人能懂。你，做我的学生吧。有一天，他强迫我做了他的学生：你喂的这猪，英文叫 PIG，你知道外国叫警察怎么叫，嘿嘿，也叫 PIG。屁哥！我想起了曾经的注音。不对，叫 PIG，G 不发声，他较真儿。我于是开始跟了他，开始学习英语。从国际音标开始，从简单的句子开始，从身边的动植物名称开始。他是认真的，老专家怎么教的他，他也怎么来教我。可是我却并不认真，经常罢课，甚至休学。在知青组里，我和他师徒相称，三起三落。可每次都是重新从元音音标开始，等到辅音音标还没学完，就又休学了。直到他终于完全放弃。屁哥，他从此不再叫我阿猪。你简直钢精锅一个，不到火烧屁股，热不起来！当我意识到该好好学点什么的时候，这哥们儿已经上大学走了。一九七七年，刚恢复高考，他就考上了省里大学最好的外语系。那年，他的高考成绩每门都上九十，英语口笔试更是双百。本来是可以进全国最好的大学的，但省里因为想留一些人才，把考得最好的一批给扣下了。他所在的班上一共有十七个学生，都是"文化大革命"十七年存留下来的精英。他们刚进大学，就可以给同时考进英语系的其他班的学生上英文课！再后来，这个班十七位同学，先后全出国了，并且据说都留在了国外。这哥们儿如今就在加州的一所大学里当教授。

天　书

在大学里，我们这些工科的学生要上公共外语课。可那时候的公共外语课本和任课老师，简直就是枯燥无比的一对儿！天书一般的教科书，一上来就是读起来十分拗口的文章和非常难记的科技单词。木鸡一般的任课老师，读起课文来也是"屁哥屁哥"的，直到学生们兴趣全无。老师照本宣科地教，学生们则完全是为了应付考试而机械地学。不纠正语音，不讲究语法，不参考语言背景，结果，大多数学生的英语水平，并没有得到真正提高。不少同学，大学还没毕业呢，已经就把英语，还给了老师。所幸我们学院里还有个相当不错的外语系，整天见那些俊男美女们叽里呱啦地操练外语，自己多少也受些感染。算是带上了二十六个字母，走出校门。

本科生

刚参加工作的时候，左右的同事们，无论哪方面，都比我们这些刚钻出书本的本科生强。技术上，你要服老一代工程师。因为你学的只是皮毛，就算有点儿新东西，现场也根本用不上。操作上，你得服中专生。大学一擦而过的基础施工技术，人家摸了整整两年。技术室里，还有不少工农兵及业大的老技师，更别提了，这些人不但业务熟练，还全是党员干部，是思想过硬的三结合的基础。也不知谁挑的头儿，来的几位本科生，忽然开始热衷于英语了。办公桌上总摊开一本英文书，没事儿的时候就故做专注地看上几眼。写几笔乱七八糟的洋字码，心想：外语，这是英文，你们都不懂了吧。如此，总算找到了一点儿本科生的自尊。期间，从《跟我学》、《温哥华来客》，到《新概念英语》，电视英语节目是每天必看。从《薄冰》、《张道真》，到《趣味英语语法》，新出的英文书是每本必买。但究竟英文是个什么水平？究竟学了英文将来会用在哪里？还是仅仅为了在市文化宫的英语角里出出风头？谁心里也没个准数。

钱　眼

国家越来越开放，出国的人越来越多，英文也好像越来越有用了。眼见许多有过交道的人纷纷出国留洋去了，有考托福的，也有考水平考试的，也有什么也不考的。更刺激我的，是去了还有回来的。一位小学时候的同学，这会儿忽然就去美国了，没多久，忽然又回来了。带回来进口的八大件不说，看人家长的那见识就不一般：才一年的时间，美国五十州逛了十七个，进拉斯维加斯打了一转，竟成了美元的万元户。照片上，那辆快到点儿的福特车，和站在他身边的那位金发碧眼的洋妞儿，居然是一个价：二百五！这下目标找准了。不是崇洋媚外，就是见钱眼开。我对自己说：得下功夫了，英语这么有用。当下买了一个煤渣砖录放机，两箱子方便面，向领导告了长假，然后，把自己关进了单位的宿舍。两个月后，从那间破屋子里走出来，我对自己的英文水平充满了自信。考了托福，报了学校，也收到了表格。但没有钱，也找不到谁来担保。却原来左右这些出国的人，不是在国外有亲戚，就是在官府有亲戚。有国外担保的就自费，有官府担保的就公派。将就一点儿的，还来个自费公派。结果，留学不成，我的日子非常难过。单位领导找我谈话：不务正业，评工程师要打折扣！家里的也跟我没完：借个口你就撒丫子了?! 祸不单行。

人　才？

天无绝人之路，何况还是个人才。英语？很厉害。工程？设计院干了五年了，刚评工程师。其实是刚参加评，我把参加俩字给咽肚子里了。我们要的就是这样的人才！人才？我于是给交流进了政府的涉外单位。没多久就作为表哥出国公干了。雄赳赳，气昂昂地跨过大洋，才发现自己原来是个聋子加哑巴。洋人说话时都嘟噜嘟噜的，咱一句也不懂。自己好不容易憋出半句来，听的人全目瞪口呆的，令我一下子没了自信。不知闹出了多少笑话，我才慢慢地回过神来。感谢一对白人夫妇，从夏威夷来的传教士。每周定日子，请我去他们家学习圣经故事，讲耶和华。感谢我的工作环境，虽是荒岛一个，却是美国属土，只能跟人家说英语。这样强制性地过了半年，才基本上能应付了。昨天，是女儿十五岁生日。听着她以极其纯正的本地口音和同学打电话，我忽然想起了自己学英语的这漫长的过程，忍不住将它记录下来。

异域谋生

端 盘 子

跑堂这份工，我头一回启齿就被录取了。原来满肚的腹稿全没用上。老板是一家子，兄弟姐妹好几个，我都闹不清。正赶上一位跑堂要炒老板的鱿鱼，老板见我长得个头比那位也不相上下，我话还没说完就叫我第二天开工了，纯粹为了气气那位仁兄：看，不用求你，这位比你神气多了。老板并且当着我的面就通知那位：明天不用来了。先下手为强！我也因此还没上班呢，先领教一回啥叫炒鱿鱼。端盘子，是我出国前就料到的事儿，算是有过心理准备。过去道听途说的，脑子里没少灌进留洋学者做跑堂的故事，自己甚至还曾经指手画脚地，在国外做过十个月的餐厅经理。可是，当我真正套上油滑的工装，堆起笑脸，点头哈腰地招呼食客时；当我感觉到老板那盯贼似的目光，遭遇到工友的无端指责，面对擦不完的汤汤水水，端不尽的残羹剩饭时；这心里就直个劲儿地向外冒火，恨不能烧掉整个世界。在这家餐厅，一干就是四个月。忽然有一天，看见使馆的人来订台，说是中国某大人物来访，要宴请各界华人。我的天！我暗暗惊呼。心想到了那天，这满堂的客人里，这大人物他可能谁都不认识，就只认识我啊。自己当年在驻京办事处做过主任，陪省里的头头们，经常上他那儿去来着。太夸张，太戏剧性了吧？我于是向老板辞工。很突然，编了个很荒唐的理由。老板呆了半会儿，没弄明白：为什么有这么个机会，有头有脸的都要来，而你却要辞工呢？他一头雾水，但绝不会想到，我是让这个大人物，把个饭碗给端了。

三天的清洁工

从中餐厅辞工后，赶忙又开始四处找工作。许多公司，一听是中国来的新移民，料难与客户交流，把简历又都退了回来，不见！无奈何，只好先去做清洁公司的小时工。公司的老板，就是一辆面包车，加一个手提电话。车上装满了工具：清洁剂、垃圾袋、刷子、擦巾还有吸尘器。老板只管四下签约，承包各公司、机构的清洁工作。然后请来我们这些愿意拿最低的工资、干最累的活的人。可想其利润有多可观。忽然想起马克思的名言：资本主义社会之所以腐朽，其根本的原因，就是无产阶级剩余价值的被剥削。又想起"文化大革命"，高级工程师扫地擦桌子，也就那会儿那些"黑五类"经历过这种事儿。区别在于，"文革"那时候，人家是被迫。如今，我这是，自找的。我们两口子，被叫去清洁一家运输公司的办公室、职工休息区和更衣室。每天晚上八点开工，要干到半夜才能了事。第二天老板告说用户不满意。因为经理早上检查，仍旧是奇脏无比。我们又苦干了一个晚上，还主动加了一个钟点。第三天，老板还是摇头。原来，这运输公司一天二十四小时不断人。白天办公室有人上班，不叫你做清洁；到了晚上，大车才进库。司机们又会把已经扫干净的一切，全部搞脏。这边刚冲洗完的更衣室，才转过头，进去的司机又带进一圈子脏鞋印。职工饭厅也是一样，刚把杯盘放进洗碗机，那边进来的人，又摊开了一桌的狼藉。我们干了三天，腰酸背痛。第四天跟老板打了个招呼，告诉他，我们不干了，三天的工钱我们也不要了。就此作罢。

失败的地产经纪

　　辞了清洁工后，心里更明白了，直到能有一个稳定的工作为止，不能不考虑读书的事。因为自己在国内的一切资质，本地全不认可。没有被认可的资质，就很难找到稳定的工作。可是，不管读什么课程，又不能断掉打零工的机会。否则就会将本来不多的积蓄，花个精光而没有进项补充。学完后要是仍旧找不到工作，岂不是两头空？我于是去了函授学院，在众多的科目里挑了一个地产经纪人速成班。每星期只有两个晚上有面授课，一个月就可结业，考试合格就可以拿到地产经纪人证书，够快！谁知，证书虽然拿到了，工作也不难找，但是，地产经纪人的收入全靠交易佣金提成。公司只提供办公会客的地方和有关信息资源，连名片和报纸广告，都要自己掏腰包。老板倒是希望我能给公司带来一些亚裔客户才答应聘我。可是，我其实初来乍到，谁也不认识，根本揽不到生意。我去找原来当跑堂时的那些食客，聊了没几句，自己还不如人家懂得多。两周下来，我的业务没有一点儿起色，老板见到我也没了好脸色，通知我如果三个月没有一份成交的生意，就得走人。我心想，都半个月了，不但没有收入，连希望都没有，还赔进去了不少的钱。这样下去，不用三个月，自己的自信心就会彻底泯灭，还不如速死以求无痛。我于是，在两个月内，向第三位老板，辞工。我又回到了原处，不同的只是，手里总算有了一本本地的课业证书。

义 工

此地有一个专门为市民答疑解难的机构，叫市民忠告局。刚来时我总是一有问题就到忠告局去问。诸如附近的学校哪个好？怎样看病？哪里能找到便宜的出租房？等等，的确很有帮助。终于，我的问题成了：像我这样的，怎样才能找到工作？接待我的那位老太太，看了我好一会儿，说：先去找个义工做做吧。做得好就会有好的推荐信，再找工作，就算是有了当地工作经验了。我当时觉得她是瞧不起我才这么说的，所以没有理会她的忠告。经过了多少次失败的求职后，我才又想起了老太太的忠告，开始考虑去做义工这码子事儿了。在众多的社会义务工作中，我选择了去做家庭教师，教成年新移民的英文。这一选择的目的，是希望到时候再递简历找工作，人家会觉得这家伙英文或许还可以，见我一面。我自信，只要见了面就好说了。代理机构先行对我们进行了三周的短期培训。参加培训的人里只有我一个不是本地人，而且也只有我一个不是真心要做义工的。倒是几个星期下来，所有的人都不再对我能否胜任而表示怀疑了。分配给我的学生也是从中国来的。她先生在校学习科班儿英文，晚上两口子去做清洁工。她告诉我，她申请免费的家庭教师已经是半年前的事了，可到现在才排到。我于是马上摆出一副物以稀为贵的架子对她说：如果你不满意我，可以随时通知代理另外安排本地教师。哪里哪里，不会不会。就这样，我开始了每周两次的家教义工，而且一干就是五个月。先是只教她一个人。后来，她的一个邻居，也是从中国来的新移民，也要来听课，我并且因此而在辞去这份义工时得到了很漂亮的评语。

差点儿当官差

市政府有个房管署，管理着市区内所有的政府出租房。这种政府房租金比市价低了将近两成。房客大多数是低收入的贫困一族，往往还要排队等很长时间才能租到。房客中也有不少是亚裔贫民，我刚来此地时就是租的这种房子。看到报纸上登出的房管署的招聘广告，我照例将自己的简历投其所好地修改了一遍，还附上了一封信，点明自己的优势：中国资格的房建高工，对住房及设备知识了如指掌。持有本地地产经纪课业证书，对出租房业务及相关法律知识了如指掌。三门语言，对大比例的亚裔房客之习性风俗也了如指掌。在此地，广州话也算是一门语言。最后，还加上自己做义工这一节。没几天，真的接到了房管署的回函，通知我去面试。随函还附有面试大纲。我兴奋得不得了。因为六十多个申请人里，只 SHORT－LIST 了四位。面试是很认真的，六位考官，每个人都在提自己行当内的问题。好在我过去做过多年的中国政府官员，知道他们想要的回答多半不在技术方面。所以尽量抛以模棱两可的、外交辞令式的答复，果然没出什么漏洞。最后的情景，几乎就差通知我上班了：你什么时候能上班？尽管如此，到你能上班还得有一周到十天。职员的车可以停在地下车库，但需按月缴费，等等等等。我当时心想，别说十天，只要能来上班，再等十个月也不算晚啊。十天很快就过了，二十天都过了。我忍不住去了一趟房管署。一进门就看见一个新面孔，金发碧眼、青春小姐儿一个。就是她抢了我的饭碗。一位参加面试的对我说：面试的第二天，房管署就换头儿了。新老板没见过你，怎么也不敢相信你的语言能力。就这样，我和新西兰的铁饭碗擦肩而过。

被逼上大一

此地的新移民里，曾经流行一个说法儿：找不到工作就去读书。读书可以领学生津贴，还可以申请学生贷款，生活不成问题，找到工作了还可以随时退学。语言不行就学语言，语言可以就学专业。老公学完了老婆接着学，直到实在拿不到津贴和贷款为止。我并不是为了津贴和贷款，而是实在不愿意再回去端盘子。所以就硬着头皮到大学选专业去了。可恨当初中国各工科大学的专业都分得太细，我所学的专业，拿到系里去，竟无法换算出相当的交叉学分。非要我从大一的课程读起。既然都是读大一，我气愤地摔上建筑系的门，走进了经济系。电脑信息、市场管理、亚洲研究、工程经济、银行财经，大学里的专业课程、学分学位、上课时间是由学生自己选择的三大因素。都选自己感兴趣的科业，可能浪费很多学分而拿不到学位，将就学位就得选修自己实在是不想再学的课程。最后，所选课程的授课时间还不能互相打架，甚至授课地点也不宜相距太远，否则课与课之间，冲刺也来不及。从没想过，自己大学毕业快二十年了，人已到中年，又要去重读《微观经济学》、《会计学原理》、《数理统计》等等大一的基础课，但我还是报了名。这间大学，是一个没有校园的高等学府。市区要道从两座主教学楼当间穿过。漫步其中，我内心不无感慨：当年考大学，百里挑一打破头。可是现在，我完全是被生活所逼！

终于上岗

当天办理完入学手续，我拿着学校的地图，一边闲逛，一边认地方。见有栋大楼，叫学联大厦，使我觉得新奇。想起当年上大学时，学生会的办公室，只随便在院团委的办公室里隔出一小间来而已，哪里有这个排场。等进到大楼里，一看楼牌，更加令我吃惊。原来这学联大厦包罗万象：书店、餐厅、银行、剧场，还有健身房，有一个门牌，上写——学生职业介绍所。我一看，立马就信步走了进去。没想到，没想到，十分钟后，竟得到了一个约见！这学生职业介绍所和我平时常去的就业部职业介绍所略有不同。就业部那边我去得多了，去得人家都认识我了，去得都不好意思再去了。从来一联系雇主，就推辞不见。而这学生职业介绍所有一条：雇主必须和求职的学生见面，这个不见，下一个的资料就不给，救了我这个困难户。按着地址去找这家公司时，我是越走越兴奋。市中心，靠近繁忙的商业区，在一家大文具商场内，我装出满不在乎的样子，将预约单递给一位穿制服的小姐，说要见他们经理。小姐冲我微笑，指了指商场一角。我才发现那里有一个卖移动电话的专柜。我要见的，是这家专卖公司的地区经理。经理是个年轻人，小矮个儿，像举重运动员。笔挺的西服，口气既严肃又斯文，我拼命掩饰自己的激动，寻找文雅的词句自我介绍。他一边听，一边神气十足地翻阅着我的简历，眉头紧锁，态度冷漠，架子大得不得了。最后，他挥手叫我打住：你先回去，等我电话吧，再见。我觉得还有希望，因为他没有当场把简历退回给我。很久以后，这家伙已经升任公司全国市场经理了，有一天，他告诉我说：阿猪，当初面试你的时候，我在想：坐在面前的，是一位拼命三郎，应该不用担心他会不自觉，不努力，保住这个职位，对他来说很重要，尽管这只不过是一个初级的推销员。三天以后，我将退学的信寄给学校，参加电话公司的培训去了。

梅西散记

学 写 信

老同学去澳洲，到了悉尼才通过机场问讯处现找酒店。那酒店物美价廉，老同学很满意，于是在去过墨尔本后返回悉尼时，又去 CHECK IN，不料这回的房价高出百分之五十，令老同学大感不解。

先生上次是通过机场介绍来的，所以付的是优惠房价。对找上门来的散客，酒店是一律不打折的。前台小姐耐心解释，老同学却越发糊涂：自己找上门来，不是省了酒店需要付给中介的那份佣金了吗？怎么反而没了优惠呢？

老同学在电话里还是气不顺的感觉。这老家伙，一听就知道不谙商道。那小姐怕是也没说到点子上。接下来，我也摆了一个故事，给老同学消气：

前月里，我拖家带口的，也去了一趟澳洲。沿途所

有的酒店当然都是通过代理订的。在堪培拉，那酒店的
经理对我们备加关照，多开了一间房，却拒绝多收一文
钱。临走我很过意不去，不知该如何感谢她才好。可酒
店经理却说：先生，如果你能给代理写封信，替我们酒
店说几句好话，那就是一个 BIG FAVOUR 了。

原来如此！酒店和代理之间有这么一层依赖关系。
老同学这才明白过来。可他接着又问：那信你写了吗？

这一问，问到我的痛处。还没有。我说：不过既然
答应了要写，我一定会写的。就为这，上个月破天荒头
一回报名参加了一个英文夜校写作班，本周正学到如何
写 BUSINESS LETTER 呢。你看，我该上课去了，回头
再聊。

课堂上，老师请每个同学把自己最近写的 BUSI-
NESS LETTER 跟大家摆摆。轮到我时，我支支吾吾地把
这层来意说了出来。结果，老师在布置作业时叫大家回
去后都替我写这封信，她自己也写，下周上课时总结。
这下，我会有一封够水平的信给那家代理了。

呵呵，四十岁的人了，才学写信。

"骂死它"

英文写作夜读班，每周只有一次课。为了避开下午
下班时的车流，我一向去得很早，在校园里四处转悠。
或者到图书馆看会儿杂志，或者，去学生餐厅喝杯咖
啡。哪怕就是在校园的草地上坐一坐，溜一眼过往的少
男少女，这心里也觉着非常享受，非常小资。

　　不知不觉地，一次比一次去得更早。下午三点才刚过，这屁股就坐不稳了。收拾东西，关门走人。小半天的生意也不在乎了！

　　要说这人到中年，凡事应该不惑的。可我却偏偏受不了这小小的刺激。虽然每周只来夜读一次，可这毕竟是洋学堂呀。一种气氛，一种格调，一种久违的感觉，总是从深处煽动着：来吧！在这里你会觉得渴望，觉得充实，觉得自由。来吧！回味一下吧，你这混混！

　　当年大学毕业，婚恋的冲动把考研的冲动给扼杀了。从此竟无法摆脱命运的束缚，再没体会过这渴望——充实——自由——再渴望——再充实——再自由的境界。

　　一念之下，我决定读"骂死它"了！再混一把，下这么个决心，当然还有另一个原因：

　　三年前，初来乍到，除了去端盘子，竟混不到一口饭吃。那是为生活所逼，硬着头皮到处去找书念。想混个能不被歧视的文凭，好歹有口饭吃。可没想到自己原来学的专业在此地连一个交叉学分也换不到，还非得从大一读起。要不是因为忽然有了工作，怕是这会儿还在为白扯伤脑筋呢。

　　申请这个研究生课程时，我绕开原来所学，用英文写作班刚学得的一份像样的简历，加上几个已经是教授和 PH 低的朋友给 e-mail 来的推荐信，面试时更是一派胡言。结果，嘿嘿，这就算"骂死它"了。通知我可以开始上课，插班学《高级研究方法》。

　　回到家，对着孩子大人，我好一番交代：从下周开始，我，就是走读生了。你们呢，就都算陪读，知道吗？家里这生活嘛，从移民到留学，从思想到行动，都要跟上，要配合，要有一个转变了。

这课是怎么个上法？老婆小心地问道。每周去一个晚上。那他奶奶的变……变……变个屁呀！是，是！不变，不变！我小心地回答。

开 头 难

开课那天，来人一一做自我介绍时，二十二年前的情景忽然又浮现在眼前：

当年，我从老少边考进大学。住进寝室后一问，睡我上铺的那位老大哥，高考考分竟然比我高出一百零八分！他还不是全班最高，而我却是全班最低。可想而知，每天躺下，眼盯着上铺的床板，感觉简直就是三座大山，压得我别说学习了，连呼吸都困难。

可眼前这个班，对我来说，何止是三座大山，简直是群峰缭绕。光是从国会山来的就有两位。其中一位还是现任国会议员，从前的商业部长。其他几位也不含糊，这个委员会，那个上市公司的，惟独我是 SELF - EMPLOYED，而且的而且，英语还不是母语。

上课了，教授在教室里转着圈儿牛头不对马嘴地宣讲，每讲一句，总要将目光投向我这边，似乎在担心我是否能听得懂。对我来说，教授讲的不难懂，倒是学生们的提问往往令我一头雾水，不知所云。一次，一位从高等法院来的学生，向教授提问完后，像是征求我的认同似的，冲我哗啦啦说了一大通。由于当中几个关键单

147

词我根本不懂，结果整得双方都很尴尬。

上第三次课时，教授忽然问大家的论文进展如何？我纳闷，什么时候布置论文了？什么论文啊？

却原来，这里的研究生课程是以这样的模式进行的：学生自己去研究课本，自己去寻找研究课题。教授上课只介绍些相关的、辅助的内容。课题遇到困难，学生可以向教授咨询，但完全可能得不到任何裨益。更多的帮助，倒是来自图书馆的馆员。任何数据、资料，只要它确实存在，只要你问得出，图书馆员的责任，就是帮助你，直到找到它为止。

我在不知所措之中开始了对论文课题的寻找。

打 头 炮

一转眼，这《高级研究方法》课程就结束了。就各自的研究课题，同学们分别做了公开课讲演。讲演那天，系里知名的教授都来了，把本来已经镇定下来的我，重又惊得手足无措。因为整个下午的讲演，我打头。

这头打得真冤。

原来平时听课，我总是坐在最后。每节课的签到表上，我的名字也必定填在最后。我是上课悄没声地进来，下课悄没声地走。可中间忽然有一次，等那签到表传到我的时候，却是两张表：在签到表上，最后一格空着；而另一张表——讲演安排表，就只剩第一格还空着了！

我闪眼，最后看了一下来的各位听众。跟着就扯起嗓子，上气紧接下气地胡诌开来。因为按要求，讲演是一刻钟，听众提问五分钟，每小时要轮三个学生。我讲完了，只得到一个提问。当教授示意下一位时，我收起摊开的稿子，怏怏地走下讲台。一看表，才不到八分钟！

接下来的讲演我没有十分在意。感觉上，其他同学没一个是时间够用的，个个都滔滔不绝，提问也十分热烈。这心里一直打鼓：自己的时间怎么控制得如此糟糕？又或者是课题本身货色太少？那天，下午茶后，我提前离开了教室。

两周后，新科开课，学《沟通关系》。原来一起上《高级研究方法》的几个同学跟我打招呼，都夸说我的讲演极端出色。虽然怀疑他们不是实话实说，在含糊我。可脑子里却闪过一个怪念头：莫非当时过分慌忙，张牙舞爪的，又是他们当中唯一一个华人，结果把这些听众，整得成了观众了？要真是那样就能通过这门课，对我来说岂不是太过宽容？因为我一向认为自己没有能够成为演员，是演艺界的一大遗憾呢。

英文里，把观众和听众当成一码子事儿，用一个词儿。可我就纳闷：一个讲演者，如果他能估摸出台下多少是听众，多少是观众。如果他还能更进一步，将听众激活，变成观众。那么，他究竟在胡说什么，也就不太重要了吧？

闭 卷 考

又完一门。这《沟通关系》，除了叫你瞎编一篇论文之外，居然还闭卷考了两个小时的所谓理论。那些本来就令人觉得牵强的东西，把我害得好苦。硬着头皮按教授开的书单读书，到时啥也记不住，怎么考？

天生记性就不好，不然早"托福""鸡阿姨"闹绿卡去了不是？更何况，到如今一提读书，就想起当年理论力学王老教授的那句名言：学习的目的就是为了忘记！

王老教授这话的本义是：学习别学得放心不下，放心不下就是还没学到手，到手的东西就不会忘，忘不了的才可以忘了它。这里的忘，是一种境界。大学时，班里就有这样的怪物，读书过目不忘，从来不怕考试。玩起来他最投入，考起来他最拔尖。这种人，我一向是不得了地佩服。

再看自己，除了"九九表"还凑合，其他全忘光了。当年的同学如今个个都是专家教授总经理，就只自己改行改行再改行，混到现在成货郎了。虽然还说得出——学习的目的就是为了忘记。可脑子里，怕也就只剩个字面罢了。

这把年纪还碰上闭卷考，一想起来这心里就发毛。一直没敢撒开上网不说，连悉尼奥运会也看不踏实。越放心不下就越记不住，越记不住就越放心不下，恶性循环。直到有一天，我悄悄拍拍教授：考试时带本中英字典行吗？我的 spelling 可是 hopeless。教授说：OK。

考试了。我如同已达到那忘记的境界一般，信步入场，大字典往桌上一摔，一边假装入静。考场本来是很静的，只听得见笔头的声音。可想而知，每当我一翻字典，那动静简直就如同翻滚的海浪，哗哗地响。所有的人都朝我皱眉头，仿佛我光着膀子，穿着小裤头儿，走进了天体浴场。

回到家，女儿关心地问：How is your exam？坐下！我说：听老爸给你讲讲什么是学习的目的。女儿的学校，前些天才出了个诺贝尔奖得主，正好借此机会再敲打敲打她。Well, it make sense。女儿听完我的故事后说。

昨天下了班，刚一进家门，就见女儿怒目圆睁，把那本中英字典往桌上一摔：Shame on you！我一看，哑口无言。因为那字典的扉页上，涂满了我用中文记注的《沟通关系》之理论要点。

退 堂 鼓

这梅西大学的研究生课程，我跌跌撞撞，断断续续的，终于没有读完。在只剩下十二点五个学分，也就是只差半门科业就能拿到证书的时候，放弃了。

"9·11"那天，赶上老婆飞北京，我对好了表，夜里三点该爬起来打个电话问个平安。可电话那头，就听老婆冲我喊：快看电视，美国打起来了！我打开电视，调到 CNN，就再也没睡。以前因为端盘子，有过夜里三点才睡的经历。可来新西兰这么些年了，还是头一回夜里三点起来，却赶上这么一出好戏。

果然，这个世界，因了"9·11"，变了。没有不受影响的，包括我的学业。

新西兰的经济，一九九八年遭受亚洲金融危机的冲击之后，一蹶不振，到"9·11"之前基本是最低谷。我刚来的时候，用七毛三分钱美金换回来的一个新币，这时候要再想换回去，只值三毛八分钱的美金，跌了将近一半儿。

自打美国开始报复，全球范围内打击恐怖主义，新西兰的经济就开始好转。来投资的来移民的来旅游的，这叫一个火。这世界看着哪儿还安全啊？就剩新西兰一块净土了。连我那小小的铺子，也跟着火，生意是莫名其妙地好。生意一好，能赚钱了，这读书混文凭的意义自然也就看跌了。

曾经，潜意识里，我倒是想过：这国外要是不好活，咱要如果有了文凭，好歹可以回国骗吃骗喝吧。当"海归"的想法，相信每个在海外觉得备受煎熬的，心里都曾有过。为了这，还专门回国到广州去参加过一次留学人员技术交流会，考察市场。

可没想到，"9·11"以后，是美国跟穆斯林世界干上了，"中国威胁论"排得靠后了，中国经济发展的环境也因此改善了，吸引大量的"海归"，蜂拥而至。老同学又给我来电话了，说是就他那没啥名气、牌子都不响的破公司，居然六千人民币一个月的工资也有海归MBA愿意往里挤。六千块钱？六千块钱我回去干吗呀？

出国前我还八千块一个月呢？

　　最后一门课，《企业文化》。本来半门课的学分，课我都愿意全上。我要求论文只写一半儿可那位指导老师坚决不同意。于是，就这样，我打退堂鼓，不学了。

国宝奇光

忽然在此地的报纸上，读到一封写给编辑的信。感慨之余，特将其全文抄录如下：

Chinese loot paid for Christmas

Sir,

I was very interested in the account of the Chinese Government having to buy back the treasures that had been looted (May 9). My father was in the Border Regiment (now disbanded), The buttons on their tunics had dragons on them signifying that they had fought in the so - - called Boxer Rebellion. Every year at Christmas, the children of the Regiment were given a wonderful party with fabulous presents - - one year I got a complete Shakespeare and all Jane Austen's books, beautifully bound. Years later I learned that the money had come from loot pillaged during the time the Borders were in China, much to my consternation I might add. I do

not know how the British troops could have got away with it,
but I suppose that they were no different from any other army,
unfortunately.

Fred E. Larsen

Palmerston North

注：该报刊载此信时，还附上了一张照片。中国某国企的代表，表情庄重地展示从香港某拍卖行以天价拍得的文物——一只圆明园大水法的虎头喷嘴。

试将此简短的读者来信翻译如下：

《中国的国宝丰富着我们的圣诞》

编辑先生，

贵报今年五月九日刊载的，关于中国政府将当年被洗劫的国宝购买回去的消息，令我十分地感兴趣。我的父亲曾经就是当年英法联军的一员。父亲的联军士兵军服上有龙头纽扣，标志着他们曾经在中国与义和团战斗。以前，每到圣诞节，联军士兵的孩子们就会得到很贵重的礼物和一个丰富的圣诞晚会。有那么一年的圣诞节，我就曾得到了包装精美的全套莎士比亚著作和奥斯丁的小说。许多年后我才懂得，所有这些财富全都是因联军当年对中国的洗劫而来。对此，我感到极度的惊愕。我不可理解，英国如何竟能够得以逍遥法外？可想而知，他们与其他任何军队并无不同。可耻可悲！

弗兰德·拉森

北帕尔马斯顿，新西兰

前日，刚好在网上拜读了网友朱海军的一篇《每日一评："为国争光"还是"为强盗销赃"?》今日再读此读者来信，我此刻的心情，难以表述。还是给大家讲个故事吧。

大学毕业后，曾经在一个铁路勘测队里做助理工程师。每天的工作就是翻山，越岭，测量，钻探，工作条件在三百六十行里应该数最艰苦的，筑路工程队都比我们好得多。因为等他们进驻沿线时，已经有汽车便道了。这些便道，往往是为了勘测队的钻机钻探而修的。而当勘测队开进测绘区时，面对的则是原始丛林、原始地貌，无路可走。所以逢山开路，遇水搭桥是勘测队的家常便饭。勘测队里，大部分职工原本都是来自农村。偶尔有几个顶老爸的职的，或者从城市来的，都自恃尊贵，捣蛋之极。他们工作偷懒不说，还经常欺负其他职工，戏弄技术人员。更有甚者，结伙在地方上骗、抢、偷、殴，无恶不做。最令党政工团的领导们头痛的，就是他们还经常破坏机具设备。除了三天两头叫公安来扣他们十天半个月的，简直就拿这帮王八蛋一点儿办法也没有。当中最霸道的，要数李黑子。这小子长得特黑，从贵阳来，老爸是机关的退休干部。据说他弟兄两个都在设计院里工作，只是不能把他俩往一个勘测队里放，不然必要闹出人命。这李家兄弟是出了名的浑球。职工们传说，以前机关里每到发工资，弟兄俩就回趟家，把老爸绑起来，逼，供，信，直到把钱抄走为止。这李黑子，更小一点儿的时候，老爸也揍过他，都是抄大棒子打。忽然有一回，小子噌地就从三楼跳下去了！打那以后，任谁也制不住他了。他这号人，早晚是要进公安局

的。工会主席第一次单独找我谈话时这么对我说。因为
我不巧被推选做了勘测队的团总支书记。我并没有遵照
工会主席和勘测队长的意思去修理这帮坏家伙。既然无
可药救，何必枉费心机。可没想到，每当他们一捣乱，
职工就会指责我的工作没做好：他们是青年，属于你的
范围。一生气，我找了个差，到机关办的干部理论学习
班学习去了。学习班的内容，有"哲学"、"党史"、
"政治经济学"、"中国近代史"等等。除了"中国近代
史"以外，全是我大学曾经学过的课程。这会儿，陪着
各单位来的基层干部、培养对象们再过一遍，我自然是
轻松潇洒不提。三个月后，学完，我又回到了勘测队。
按照机关的安排，我要给勘测队里的青年、团员们上一
堂团课，算是向大家汇报学习。我知道，枯燥的政治宣
传只能是浪费大家的时间。这团课，青年们如果反应不
好，队里更要质疑我去学习的目的。琢磨了好几天，我
决定讲讲圆明园。到了那天，团员青年们都来了。李黑
子，可能是因为很久没有见过我的缘故，也来了，看新
鲜。他搬了张高凳子，坐在第一排。我这是平生第一次
给人上课，很兴奋。为了这一课，我也做了很充分的准
备。专门从图书馆找来许多图片资料。我从圆明园的来
历讲起，讲到其布局、规模，当讲到圆明园的辉煌时，
台下每每一片惊叹。我接着又讲清政府的败，列强的
蛮，百姓的怨，当讲到英法联军对圆明园的那场洗劫
时，当讲到无数国宝被掠抢，圆明园最后被强盗们一把
大火烧光时，台下有人在哭。不是别人，竟是李黑子！
我看到不只他一个人，许多人此刻眼里都带着泪花，我

自己也在流泪！声腔呜咽，难以控制，悲愤交加。奇怪的是，团课之后，李黑子一夜之间像换了一个人。起初，总跟着他的那帮子人还以为他是装出来的。怎么忽然这么优秀？又有一天晚上，听见他们在寝室里大声争吵。从此，勘测队再也没有来自他们的麻烦了，一个个都改邪归正了，而且是那么的彻底！故事到这里就算讲完了。容我再把朱海军的《"为国争光"还是"为强盗销赃"？》一文附在下面。因为它说出了我想要说的话，我不需要再说什么了。

朱海军每日评论之十一：《"为国争光"还是"为强盗销赃"？》《羊城晚报》五月二十日报道，不久前，被盗的中国一级文物、五代时期的一件人形大理石浮雕，在美国纽约即将拍卖时被美国方面查扣。据介绍，这一"国宝"级文物于一九九四年六月二十日被不法分子盗走并偷运出境。去年七月二十五日，这件文物在美国出现。去年十二月三十一日，香港某艺廊委托纽约佳士得公司在今年三月二十一日拍卖这件浮雕，标价为四十万至五十万美元。当国家文物局发现这一情况后，立即通过有关方面与美国政府磋商，要求物归原主，并向美方说明了这起盗墓事件的有关情况。据悉，美国纽约地区联邦法院已批准没收了浮雕，要求拍卖公司协助查清其来源，并决定该文物应归还中国。读报至此，我想起了不久前发生的曾被炒得热火朝天的重大新闻：两家国有企业斥资数千万元从香港苏富比拍卖会上，购回一八六〇年英法联军入侵北京，从圆明园抢走的四件国宝。本来不用花一分钱就有可能堂堂正正地索回的国宝，花了数千万元买了回来，这钱花得值不值、亏不亏、冤不冤、傻不傻？八国联军火烧圆明园，从圆明园抢走无数中国国宝，历史记着这一强盗行径。常言道，有账不怕算。那些中国国宝无论到什么时候，无论流落到哪里，都是强盗的赃物，都是罪恶的见证。根据国际间已经达成的关于保护文物的协议，我国文物部门通过正当的外交途径是可以体面地收回这些国宝的。这倒好，一方面中国文物部门要求停止拍卖中国国宝，另一方面中国国企却积极参与国宝拍卖。中国国企在苏富比拍卖会上志在必得，很是露了一回富。人们说这是"为国争光"，我却要说这是"为强盗销赃"。好了，中国国宝完璧归赵，至少在这四件文物上，当年八国联军的血腥罪恶被中国人自己洗刷干净了！众所周知，这些年中国国企大面积亏损，大量国企职工下岗、失业，生活都没了保障。在此严峻的形势下，由于种种原因日子稍微好过一些的那两家国企，拿着宝贵的数千万元流动资金，不去更新设备，开拓市场，增加企业效益和职工收入，却去香港竞买对企业并没有任何实际价值的四件文物，人们说这是"爱国"，我却说这是"败家"。

　　阿猪注：网络奇人朱海军，河南洛阳人。郑州大学中文系毕业，后辞去教职南下深圳打工。一九九八年起纵横中文网，无人与匹，竟于二〇〇〇年"9·11"猝死于深圳家中键盘之上，时年仅三十三岁。

国宴的请帖

　　二〇〇三年的亚太经合会开完之后，美国的布什总统、中国的胡锦涛主席，各自分别南巡。其中特别值得一提的不同点是，小布什到了澳洲，没来新西兰；而胡主席却来了。这一来一不来里，依我看，两人都在（拿新西兰来）摆自己的外交姿态。

　　提前两个星期，我忽然收到总督府发来的邀请，去参加胡主席来访的欢迎仪式。可能是因为几年前曾经任过一任本地华人协会理事的缘故，名字一旦备案，这些年里，有什么事我总会收到类似的请帖。但还是觉得，这次这帖子，比以往分量都重，因此激动了半天。况且，这么些年了，定居在这里，一直无此荣幸，能进总督府里打一转。

　　那日，星期五，下午六点，该是去见胡主席的时间。我想了半天，怕总督府从大门往里走，我摸不清楚，东张西望地会闹笑话。或者，被视为鬼鬼祟祟的可疑分子，给扣起来。于是，把自己的车子停在离总督府不远的地方，然后招手，叫来一辆的士。

司机是个老印，上来就打嘟噜：上哪？总督府？不就前面那个门儿吗？你干吗不？我心说：少废话，叫你走你就走嘛！

进了总督府，果然戒备森严。三岗五哨的，冲什么车都敬礼。我赶紧掏出照相机，心想，这辈子也没受过这待遇呀，专门有陆海空三军士兵迎上来，敬礼，帮开车门，再敬礼，把我整得晕晕乎乎的。云里雾里之中，刚要下车还礼，忽然，身背后司机冲我吼：先生，咱先结账好吗？

我因此，因此犯了个极大的错误！转身放下照相机和下车前从这口袋里掏出来的请帖，再伸手从那口袋里掏出钱包付账，完了之后，匆匆忙忙只拿了相机和司机递给我的小票，竟把请帖忘在了车上。沿着士官指引的方向，走了！

我完蛋了！！走进场子里，左掏右掏，发现再也找不着请帖了。心里这个慌啊，感觉所有的秘密警察和保安（如果有的话），目光都在那一秒钟，盯上了这个——手在口袋里瞎掏的人。感觉自己很快，迅雷不及掩耳之间，就会被扑上来的保安，按倒在地、制服，在国家领导人到来之前！

你想啊，简直不堪设想啊：刚才那司机，鬼知道他是不是老印呢？要是不是呢？要是一个巴基斯坦的、约旦的、伊拉克的、阿富汗的，把那请帖，出去就交给了，恐怖分子呢？我越想越心慌，破例，现场祷告一回：那谁，上帝，不，阿拉，你可有眼，我可是良民。

161

而且的而且，我可真不是故意的。

结果，胡主席没来的时候，我一直跟着记者满场子来回走，不敢入列，因为那儿站着个士官在检查来宾的请帖。

那些肩上扛着摄像机的人，他们的身后总跟着一个人在提灯背电池啥的。我心想，我跟上去，多跟一个，胸前虽然没有挂记者的牌子，大概也不会被拦下来。没准儿人一看这家伙长得帅，还以为是哪家电视台的主播呢。这时候，我才一边继续掏口袋找请帖，一边假巴意思地，端着相机胡拍乱拍，心里还在念叨：不会有事的，不会有事的。

我拍了中央台的主播，叫什么忘了，老是面无表情的那个。从前在国内看新闻联播，看他都看腻了。这会儿却装做是他的"扇子"，跟着他那个组猛跑。我还拍了凤凰台的那个闾秋露薇，在巴格达表现很勇敢的那个！

接着，外交部长来了，总理来了，大人物一个接一个地，鱼贯而入。观礼台上，我慢慢地靠近，然后悄悄地，一个转身，在华人华侨这一档来宾的边儿上，挤了一个位子。却没想到，胡主席检阅完了三军仪仗队，跟总督并肩，刚好要从我身边过！

当胡主席走上前来的时候，我有三个选择：一、把手伸过去，抢着能跟主席同志握个手，没准儿就握了；二、跟着身边的人一起，拍巴掌，不知该不该喊个口号；或者，三、拍张胡主席的近照，很近很近。念着网上论坛里的那些网友，我选择了后者。而在此关键时刻，我照相机的电池，由于刚才的拼命乱拍，这会儿，半天亮红灯，不来电。

到了这个时候，那忘在的士上的请帖，最终给我带来了麻烦。被邀请来的宾客，在场子上的仪式完了之后，又蜂拥挤进总督府。我才知道，敢情接下去是国宴！可是，看见门坎儿那儿，士官又在检查每个人的请帖，我没有勇气上前去，去报上自己的名字，去撒个谎，告诉他我的请帖没有带来，我更不敢说自己糊里糊涂，把请帖刚才忘在了一辆出租车上。

再想想，自我安慰。照相机反正也没有电池了，晚上，新西兰在橄榄球世界杯上，还有一场球赛，我责怪自己犯了一个错误，就不配吃什么国宴。如此，我怏怏步出了总督府，去找饭吃。

第二天一早，六点都不到，铃声把我从梦中惊醒。以为忘了把闹钟关掉了，却其实是使馆管事儿的打电话找我：阿猪，对不起，得劳您马上来一趟。我说：上哪儿？胡主席下榻的酒店！什么事儿？甭提了，我这儿乱了套了，一大堆的手机出了问题了，还请赶快来帮着给解决解决。

我匆忙起身，赶去酒店。管事儿的已经等在大堂，拉上我穿过层层保安，钻进电梯，来到一间布置得像个临时新闻中心的房间。

胡锦涛此次来访，使馆预先租好了几十部手机，分配好了号码，其中一半儿的手机，为了考虑节省，没有开通国际长途。而头天总督府的欢迎仪式和国宴，看来使大家的心情都非常的好，领导开恩，国际长途都可以打。结果这些打不出去国际长途的手机，叫使馆管事儿的大伤脑筋。

除了这，还有的手机，密码输错了给锁住了，电池用光了，号码弄混了，总之，我到的时候，管事儿的说，打头天夜里国宴完回到酒店开始，大家开始狂打手机，把他折腾了一夜。没好意思半夜给我打电话骚扰我，一直熬到凌晨，他实在应付不过来了，才等我帮管事儿的把问题都解决了，他追着问该怎么谢我。呵呵，我当时没好意思说：想吃回国宴！

后记：

新西兰这该死的橄榄球全黑队，这次世界杯打到半决赛又输给老冤家澳大利亚了。我的生意又要清淡好几个星期，所以才有时间把这次去见胡主席的经历码成文字。

岛国体育

看橄榄球小记

公司赠送了一张球票，新西兰打法兰西。一九九九年的橄榄球世界杯，新西兰"全黑队"本是冲着冠军去的，却不料半决赛输给了法国。记得那场输球后，主教练当天辞职，我四个星期卖不出手机，全国人民三个月走在街上都是一副没精打采的样子。之后这两年，"全黑队"一直也没回过神来，球是越打越糟糕。终于，法国队要来，给个机会在家门口雪耻。现场的球票早就卖光了，各家酒馆纷纷支起大屏幕电视，满大街冒出许多铺子卖黑旗黑帽黑围巾黑衬衫，连行人的眼里也放着黑光，杀气腾腾。球场里也是一样，早两三个小时，人们就开始聚，开始喝，开始闹。一托四杯的啤酒，等到宣布运动员要进场的时候，少的已经下去一托。"很快法国队队员就要出场，请大家以黑相对，以静相迎。"组

165

织者在号召。我感觉这已经太过分了，却更有甚者：当乐队奏法国国歌的时候，球场的喇叭忽哑忽响，像坏掉了一样；而当"全黑队"进场，奏新西兰国歌的时候，好嘛，全场雷动，一片呼声。没有一点儿士气的法国队当然输得很惨，想必赌博公司这场球也会赔得很惨，因为直到开赛前，"全黑队"的赔率还是1∶1.3，试问这里有谁会去买法兰西？四周无数的醉汉在疯狂地叫喊。我前排的一个家伙大概是想去厕所，却身不由己滚下楼梯。每个人的座位下都满是酒托酒杯和洒出来的酒。这球场就如同酒场，人们喝完了喊，喊完了拉，拉完了再喝。小便频繁的时候，球场内可同时供五千人如厕的卫生间还得排队。球打赢了，整个球场，整个城市，整个国家都在欢呼。真正的畅饮在比赛结束后才真正开始。我跟随从球场内涌出的人群，又急急涌进了市内的大小酒馆，第二天报纸头版刊登："各家旅馆，餐厅的生意是往常的两倍"，"各家出租车公司的生意是往常的三倍"，"各家酒馆的生意是往常的四倍"，唉！不知道手机生意是不是也会，翻倍？

看帆船赛小记

回国，关店三周。这要是外卖炒快餐的，生意早让邻近竞争者给抢跑了。可我倒好，过了新年回来开门，卖得反而比以前更红火。客人之多，与以往圣诞新年刚过的淡季和冷清相比，令人不可思议。一打听：离我最近的一家竞争对手，勉强支撑到过完年就倒闭了。生意

场上，最开心莫过于此。紧接着，收到邀请，作为嘉
宾，去奥克兰参加一个帆船赛：公司年尾奖励销售业绩
前三名的个人，我居然排第二。以前也常因卖得多而获
各种奖励，家里的摄像机、传真机、望远镜、葡萄酒啥
的，都是奖品。这次虽没啥实物，但拿着已经订好了机
票和酒店的邀请，我还是觉得自己很牛。毕竟在公司所
有这些一线人员里，我是唯一不用母语做推销的。奥克
兰，因人均拥有帆船的比例居世界第一，号称帆船之
城。世界帆船最高赛事——美洲杯帆船赛的冠军杯，就
存放在帆船码头边的国家帆船俱乐部里，被视为新西兰
的骄傲。奥克兰同时也是本次沃尔夫环球帆船赛第三段
的终点和第四段的起点。头天晚上，参加了在市中区公
园里举行的第三段比赛颁奖音乐会。在专为船员、赞助
商和嘉宾另辟的大帐篷里，举着香槟酒杯，除了这几个
呆头呆脑的推销员，来的全是跟我们格格不入的、身旁
簇拥着花枝招展的夫人们的贵族或者名流。栅栏外面的
草场上，才满是席地而坐的城中百姓和到处乱跑的孩子
们。为了要打破一项吉尼斯纪录，音乐会先就安排了一
曲《蓝色多瑙河》。管弦乐起，主持然后号召每个男人，
不管是大男人还是男孩子，"提起身边的女人来"，跳三
步舞。我确实是第一次看见这么多人在转圈起舞。晚霞
辉映之下，对对旋转的舞伴，像朵朵开放的花，五彩缤
纷。不知这纪录是否真的上了吉尼斯？参加帆船赛，其
实就是去看赛船出发，然后再送他们一程。可那场面之
隆重，之振奋，之壮观，真真是一种特别不同的体验。
起跑水域里，各赛艇扬帆在做方向转换。前来送行的大

小船只，被巡逻艇隔离在一公里开外。海湾沿岸的山梁子上，还聚集了密密麻麻的人群，要在望远镜里才能看清他们的身影。我们要为之摇旗呐喊的赛艇，赞助商是索尼、爱立信。绿色的船，绿色的帆，连我们这一船的啦啦队身上穿的风雨衣，也满是绿色的道道。领头的告诉说，比赛已经在进行。看前面赛艇不停地转换方向，都是在试风向和抢占最佳的起航位置与角度。远远看去，七八只赛艇在水域里打转。运动员都挺悠闲的，排坐在高起的一边船沿儿上，朝我们这边挥手，就听一声闷炮，赛艇仍在打转，可周围包括我们这条船在内的千帆百艇却都开足了马力，轰地一下齐冲向前。倒像那起跑的炮声不是为赛艇而发，而是为除赛艇之外的所有这些船只而发的。整个海湾顿时沸腾了！我们的助威呐喊之声，马达的隆隆之声，船笛的号角之声，连同翻起的海浪拍打船舷的啪啪声，在那一时间汇成了雄壮激昂的交响曲。自打出国之后我还从来没有这么样地激动，被这气氛感染着，脑海里过电影似的在闪长江赤壁，在闪百万雄师，这半片的船只，追随着赛艇，沿着海湾向外海冲出去。奥克兰天空赌城的高塔，渐渐变得矮小模糊。全速前进的船，在冲突起伏中与海浪交欢。从船头掀起的浪花，可以一直扑到船尾。忽然看见一排四五个小伙儿，手握船尾的栏杆，满头满脸都是水，依然昂首挺胸，在浪花之中，声嘶力竭地叫喊：

I am sailing, I am sailing, home again, far away.

Oh! to be with you, to be free.

打洋官司

头年八月里。一位女顾客，到店里来买"诺基亚"手机，顺便签约。说是另一家电话公司她早就忍受不了了，那边合同刚刚到期，就来投靠我们。一高兴，我免费送她一个面壳。她挑了个绿色的，欢欢喜喜地走了，真爽快。

呵呵，噩梦就此开始。

没过三天，她又回来了。脸拉得老长，话也很难听，非要我，依法，给她换个机子。经仔细检查发现，一定是她在拆装手机面壳的时候，本来按说明该从下往上装的，她从上往下按。位置不对就用力挤压，结果把开关键给剪断了。

摘掉面壳，每次须拿牙签去点，那手机还能开能关。我演示给她看，她却不依不饶：四百块大洋买个新手机，开关就没了，你也好意思教我？可原来是有的，你自己给整没的，没我的责任啊？怎么能确定原来就有呢？要有也是你这面壳的质量不好，不合扣，给整没的。还是你的责任啊？

这面壳，虽然不是"诺基亚"原装正版产品。可我们一直在卖，其他的手机店也都在卖，没出过这问题呀？话虽这么说，我已心有余悸。当初该当她的面，教给她如何换面壳，换好再让她拿走。这样吧，我退了一步：这开关我帮你拿去维修中心给装个新的。

不行！退，或者换，不然，跟你没完！她不依不饶，越骂越凶。

果然，她到处打电话投诉，瞎话连篇，又哭又闹的，连电话公司总台小姐都一时站在了她一边。于是，不但要跟她一遍一遍的讲道理，还要跟电话公司的人复述我这一面之辞。

终于有一天，好几个顾客等着看着，一会儿她拿电话，一会儿我拿电话，我们两个分别在电话上跟总台经理申诉了四十多分钟。等经理终于明白了是怎么一回子事，开始向她解释按规定该如何办时，她把电话一摔，站起来，仰面朝天拍脑门儿，口中大喊：Somebody got to do something！跟着就失去理智一般，猛地一把，将我桌子上的电脑哗啦啦一下，给推到地上。这突如其来之举，把我和站在她身后的顾客惊得不知所措。更把跟在她身边的她的六七岁大的女儿吓得哇地一声，大哭起来。

电脑显示器、主机、键盘，连同桌上的电话、刷卡器，全让她给扫到地上，一片狼藉，目不忍睹。她却拉上女儿，撇开众人，大大方方，扬长而去。当时，我也傻了，呆站了一分钟，才掏出相机拍照，给警察局打电话。

警局接线小姐一听说当事人已经走掉了，告说警员赶赴现场就免了，你自己来局里报案吧。

我把现场照片打印出来，带上她签约时填的资料，到警局告她故意损坏他人财产。警察很快抓到了她，把她带到刑事庭。对所犯下的罪行，她当庭供认不讳，一审被法官大人"发回警局从轻处置"。

这"发回警局从轻处置"（Police Diversion）是新西兰刑法重要一条。一是轻罪，二是初犯，三是要认罪。具备这三条，法庭不判罪，也不备罪案。而是发回由警局监外执行教育。被告要跟警方指派的教育官定期见面谈心。除安排可能的义务劳动，或者向相关慈善机构募捐，更主要的，还要向受害人书面道歉，赔偿所有损失。

作为受害人，刑事庭也专门指定了一个受害人助理官，跟我保持热线联系。对了解庭内庭外的司法程序，案情进展，受害人权益等，很有帮助。

谈到损失，期间警局主控官曾经给我来过电话。因为在报案的表上我填的损失金额是一千六百元，相当于买一套新电脑的钱。主控官的意思是能不能修一修，或者更换破损部件？心太善，我当时说，好吧，就赔八百吧，把损失金额减半。

数周后，她因有保护令在身，不能到店里来，所以就委托了一个大个子老黑，把那"诺基亚"手机连盒子包好，还是要退钱。大老黑黑着脸，一开口却是娘娘腔：这是你最后一次机会，不然就法庭上见。

阿猪的流云

果然，很快我就收到民事仲裁庭传票，二月开庭。她控告我触犯消费者权益法，要求赔偿一切损失。列了好多条，加起来刚刚好，也是八百元，跟我玩数字游戏呢！

从受害人助理官那里，我了解到，诉讼程序是刑事庭归刑事庭，民事庭归民事庭。她毁我电脑的事儿，在民事这边，可以反诉，再告她一次。我知道自己没有错，不怕跟她对簿公堂。况且，再一看，开庭的日子是在她从轻处置到期之后，至少，她得先赔我那八百元吧。

开庭那天，仲裁人是个老女人，她把大老黑带上庭当控方证人，加上我，四个人，显得很空。她前言不搭后语，一把鼻涕一把泪地开始胡诌。什么我卖残次品、劣质品，蛮不讲理，拒不退换，等等。把我形容得非常Evil。麻烦的是仲裁人似乎很同情她，听完她的哭诉，整个儿拿我当不法商人对待。对她非常友好，耐心；轮到我时就毫不留情地打断，还多次叫我不要偏离问题。我偏离了吗？是你丫被她先入为主，戴了有色眼镜。

官司眼看就要输掉，却忽然逆转。就在仲裁人提出要计算控方损失的时候，不是我，而是控方，恰恰出示了对我极为有利的证据。这是一张电话公司维修中心的修理单。七十多元的单据，就只换了一个开关键。该单据在保修/自费一栏里，维修中心勾的是，哈哈，自费！要不怎么说越是金头发的越是傻呢？

仲裁大人，我立刻抓住不放，说：如果此情况属于保修的范围，那维修中心怎么会收她钱呢？现在大人该

172

理解我刚才说的，什么叫 Physical Damage 了吧？

本来很简单的一桩官司，愣是在里面耗了一个多小时，仲裁人还是无法当场给出裁决。后面还有其他案子，时间不够，我反诉她的那一半，因此将另行择日开庭。这鬼地方，我还得再来一次。

终于，我收到了控方败诉的裁决书，并于五月间，再次出庭民事仲裁庭，辩论我的反诉。这次，对方缺席，我简单胜诉。仲裁人只多此一举，将我提出的八百元赔偿扣减为六百八十元，下达了赔付令。至此，两场民事官司打下来，我是双赢。

以为事情就算完了，其实没完：刑事庭的助理官来电话告诉我，其实她一直没有按规定接受警局的监外教育，也没有对受害人认错和赔偿。案子因此又回到了刑事庭，将于六月重新法办。在警局教育官找到她，通知她时，她居然推翻自己当初的供词，表示将到法院重新声称：无罪。

她的新供词是：当初她只是推了我的桌子就走了，并没有推电脑。现场照片有我事后进行布置的嫌疑。警局重新派探警来店里勘查现场，重新找我录口供。好像这案子不是发生在九个月前，而是发生在昨天似的。气得我要疯掉，探长这次，居然还坚持问我要证人资料！

义愤填膺这新西兰的司法系统怎么会这样？头年供认不讳的罪过，来年竟然可以推翻？我给助理官写了封信，请求她递交给法官。我在信中写道：

我无法理解犯罪嫌疑人如此滞后的无罪声称是出于何种考虑？此案在民事庭中，无论是原控还是反诉，我都胜诉了。我全不在乎她究竟该赔我多少钱，最起码的，她该认罪低头，向我道歉。我依然有信心于我们的司法系统，不会让任何一个罪犯逃脱应有的惩罚。无论这一过程需要多么长的时间。

结果，重新开庭的第二天，她的委托人送来了她写的道歉信，信中写道：

损坏了你的电脑，在此特别道歉。我并非蓄意，也十分后悔。还是不能理解你为何这样对待一个顾客？所有听到我的故事的人都很同情我的遭遇。

随信，还有一张法院开的表格，责令她每两周支付我二十元钱，直到所有赔偿付清为止。我告诉她的委托人：信我留下，单子你拿回去，我要的就是她清清楚楚地知道并且承认，这事从一开始就是她的错。

助理官又来电话：单子她送法院来了。如果你同意不用她支付赔偿金，我们就存档留在这里。那天开庭，法官大人严责了她的罪行，她最后也只好再次认罪伏法。但念及她轻罪初犯，以及你信中所表达的宽宏，法官大人不再从轻发落，而是免予任何罪案追究。

小偷，你好

偷信用卡的人

她蓬头垢面，拽着个孩子，整个儿一《三毛流浪记》里的三毛。进门儿不等我上前推销，张嘴就要买电话。

一看这二位的打扮，我随口报出了最便宜那一款手机的价钱。可她却说：要能照相的，价钱贵的。已经出乎我的意料。没等再问，她居然要两台。好嘛，又是一偷信用卡的，我心说，OK，你打算怎样付钱啊？信用卡。果然，掏出来一看，还他姥姥的是金卡。

我老老实实开单，刷卡，跟没事儿似的。等她签好了刷卡单，我一对，又吓一跳。这位大婶居然把原卡人的签名自己在上面又描了一遍，牛！我一边忍住笑，一边告诉她卡上签名成双，不对，不能成交。哪晓得她瞪大眼睛跟我急：你再看看清楚，这签名跟我卡上签的，哪点儿不一样？并且的并且，你刷了卡了，我钱就进了你的机器了，凭什么不给机子？我回头查去，要是户头上钱少了，跟你没完！

她提上三毛，走了。我后脚跟出去，看见有一个男人接应她们，车子就停在前边不远的地方。记下他们的车牌，我赶紧给银行服务热线打电话。几个银行打了一遍，那信用卡居然是某个外国人的，对不上号，没法跟持卡人联系，我于是打电话报警，一会儿警察就来了。

我把保存好的有她指纹的发票和刷卡小票交给警察，不到半小时，警察来电话告说已经抓到了。她们正在附近的其他店疯狂消费呢。可气另一家手机店，竟看也不看，让她买了两台高档货。警察告诉我的。

其实，经常有人试图在店里使用偷来的、捡来的，甚至是跨国犯罪团伙伪造的信用卡。见得多了，我都有感觉了。只是今天这位比较牛一些，属于最笨蛋的一类。

曾经另一个偷信用卡的，比今天这位聪明多了，也栽在我手里。

那位，怕是等高尚住宅区里的人们都离开不在家了，就挨家挨户掏邮箱信筒。见有从银行的来信，摸出来里头有信用卡的，就偷。这样一来，那信用卡上就还没有签名。她于是可以大大方方签上自己的签名，免去了模仿签名的烦恼。店家眼力再好，签名不会有半点儿破绽。

那天到店里来，我一听她说话，再看她打扮，就感觉特别扭。一开口，整个儿一大糙子味儿，居然一身笔挺的花格子女装，还架了一副眼镜儿侮辱斯文。不用我多费口舌，她装模作样，不着边际地编了个理由，点着要买两台最贵的款式。

遇上这种狮子大开口的客人，我总多个心眼儿：开单的时候，台头叫她填了姓名地址，落款又叫再填一遍。对签名，她主动把卡递过来。我一检查，发票上、小票上、卡上，完全一致。她抱起机子走了，可我还觉得不对。怎么看她怎么是小偷啊，怎么就没破绽呢？

郁闷之中，忽然看见她又在隔壁的文具店里买大件，这回是一台笔记本电脑加一台打印机，她抱在怀里。隔着玻璃，那信用卡的光彩反射过来，刺眼。我恍然大悟，全新的信用卡，信箱里偷的，电视里曾经报道过此类案件。

我重新审视那发票的台头和落款，眼睛盯着她填的那地址，下意识地拿出白页电话本对照。咦？在那个姓的名字里，果然有那个地址。抓起电话拨通号码，一个老太太的声音：你找谁？一切水落石出，全不费工夫。这小偷聪明过了头，画蛇添足还把在哪家偷的真实地址填上。

老太太很快报警。警察根据我的描述，没出一个小时，抓到小偷。一个月后，我因此还收到了银行信用卡部发给我的举报奖励。

通缉犯

嘿！居然又碰上一个大傻罪犯：

这回，是个男的，看上去挺本分的一个人。早两星期前来过我店里申请签约，资料交到电话公司，结果被拒了（现在知道原因了）。昨天，这家伙又到店里来，居然电话公司因为他平时电话打得多，算高端用户，同意给他四百元的补贴，来挑手机来了。他选了一款机子，我店里正好没有现货，要订货。所以他今天还得来一趟，告诉他的是中午之前，来取机子。

早上我翻开报纸，一眼就看见他的照片登在上面。原来是个大偷，警局正通缉他。两年前，他本应上法庭伏法盗窃罪的，却跑掉失踪了。这么巧我今天在报纸上看到通缉他，而他今天上午还要来店里取手机。赶紧按报纸上留的警局热线给警察打电话，很详细地把他在我这里填报的信息报给警局。最后一再交代清楚：千万别跑我店里下手抓人，别他回头保释出来了报复我。

才报警没多久，店里来了一便衣警察。他很快表明身份，掏出通缉犯的照片跟我核对。就在我简单禀报情况的时候，这家伙刚好打进来一个电话，问手机到货了没有？我告诉他，到了，随时可以来取，就放电话了。便衣问：他说了什么时候会来吗？他没说，但我估计中午之前吧，这会儿都十点了。

便衣警察打了个电话，可能是向小组报告情况，我又一再强调别在我店里抓人，他一边答应，一边闪身走了。

没过一会儿，通缉犯又打来电话，问说有啥要签字的吗？不然实在是脱不开身。他可能嗅出点儿啥了，不想在风头上抛头露面，并不很傻嘛。要的，发票你要签名的，那也是保修证明。我在电话里对他说。好吧，那我还是委屈一趟吧！通缉犯中计了。

街对面银行里，有张脸，老盯着我这边，那定是便衣警察了，我想。

不一会儿，没到十一点呢，就见他戴着一副黑眼镜，好奇怪的样子，来了。店里刚好有一位顾客（天知道是不是便衣），我故意把通缉犯摞在一边大概有小半分钟。然后，很快地，我让他在已经准备好的发票上签了字，把电话装好递给他。还引他到贴近门口的地方，指着挂在那里的手机饰品，让他免费挑一个。希望这样能让街对面的警察看得更清楚。果然，他立在那里，摘下墨镜，抬头犹豫了几秒钟，挑了一条彩带子，走了。

就见银行那边，便衣已经不在，几个银行职员隔着玻璃，向通缉犯离去的方向张望。肯定是警察在那边不远处下手了。我不敢走出去看，怕他挣扎之中一回头，把我往死里记。前两天刚报案抓了个偷信用卡的，今儿又来这么一出，我觉得自己离坏人太近了，不好。

十分钟后，店里进来个女的，又是便衣。她手里提着刚才我给通缉犯的手机，很快向我表明身份，接着就进一步了解关于这手机的情况。她纳闷电话公司怎么会把这通缉犯视为高端用户，还送他一四百块大洋的手机？我告诉她，只要平均每周电话消费超过一百，谁都可以成为有价值的客户。电话公司的电脑，只认数据，不认人！

刚才不是跟你们说了，别在我店铺附近下手的吗？怎么还是抓人了？我问女便衣。别担心，她说：是等他上了他的车我们才抓的，一切做得像是以他的车牌为线索，他不会察觉的。

唉，我能不担心吗？

砸车玻璃的小偷

就说这几天要中彩了，结果买的彩票没中，车玻璃让一小偷给砸了。

回国时买的 DVD 和无绳话筒，机器装好了，俩空纸箱一直扔在车后座没来得及处理。结果刚办事回来坐下还没半小时呢，警察先生来了。我心想，又什么事儿啊？我这礼拜已经帮着抓俩小偷了，还不够吗？

先生，刚才有人报案，后面停车场有辆车的玻璃叫小偷给砸了，是你的车吗？我把车牌号一报，正是。他姥姥的！不会吧？正是？！

那小偷也忒胆儿肥咧，大白天，人来人往的超市停车场，居然就为了两个空纸箱，砸我的车玻璃！当场有群众看见了报警，警察分局还就在超市正对面儿，他没跑出百米就给逮着了。两手空空的，成过街老鼠，你这是何必呢？

天要下雨。警察留下案号，提供我报保险用，就赶紧上车玻璃行了。到那儿跟人一聊才知道：平时砸车玻璃的不多，一到学校放假就案件猛增。这些野孩子也都放假没人管了不是？今天是开学的第一天，我们这儿清净了一天了，你这还是第一桩。一准儿是刚才放学了，哪家傻小子假期里干顺手了时差没倒过来，让你中彩了。

不行，我这礼拜还得买两张彩票去。一星期遇上仨小偷，什么概率呀？

祝　　福

当初给她起名时，就谐的祝福这个音。

复从来就富有生命力，使我们的生活因了她的存在而更加充满生机。还记得她当初招之即来，来之能战，战之能胜的那股子气势：我们告假一个月旅行结婚，还没等游到南京，她就迫不及待地向我们宣告她的到来，毫无准备，毫无经验。我还当太太旅途劳累，不幸伤风，于是劝她吃下不少感冒药。后来翻书，此举实为身孕初期之大忌，痛心疾首，不由终日惦记着太太腹中精灵。这份牵挂从此延续，至今不息，愈加强烈。

在上海，从旅社出来，才搭上公共汽车，复就觉得我们太过分，无视她的存在和需求。想必她命本富贵，只安于温暖的阳光，平静的池水。而当母亲的腰身，随着汽车摇晃，将这平静的池水，晃成翻滚的汪洋时，小精灵便大发脾气，频使闹海绝招。

但见太太捂着嘴，第一个冲下汽车，脸色苍白，吐完还想吐，我于是让太太坐定，自己跑去跑来，水、果，还有结婚需要的喜糖、喜烟、床单、蚊帐，因为要与复抢时间，争速度。南京路，淮海路的，好在我擅长中长跑。

太太要临盆了，复也知道。她欢天喜地，上窜下跳，地方本来就不大，结果整得脐带打脖子上多绕两圈儿。推进产房时，母女心跳加一块儿超过三百，又赶紧从产房推出来，进了手术室。我啊，等在手术室外面，干着急。

那一夜，我没睡。这边望望女儿，那边看看她妈，两人身上一共五条管子，但都睡得很香。复由于刚才脐带勒得紧，造成肛门松弛，把自己的粪便吸进肺里不少，医生说已经开始黄疸，就怕会留下，我叫医生打住，打住，自己的心早已揪成麻花。

复好好的。抬头，翻身，爬，站，走，样样提前，就是奶娃娃的那几个月老要抱，特爱哭。我教条，照搬书本，摆她在隔壁，两口子在这屋听。书上说一般的孩子最多哭个半点钟，会戛然而止，从此不再非抱不可，自娱自乐。

就听复哭呀哭呀，愈演愈烈。太太看表我查书，四十分钟，四十五分钟，太太哭了，冲进去，一边痛骂：都是你那混账爸爸！复的小手哭得双拳紧握，小眼疲倦地看着我，小嘴还在抽泣，像是在对我说：别把我当做一般的孩子！我——再也不敢！

经常出差，出国，尤其是我，每次要跟复说再见都是身不由己。小一点儿，她在分别的那一刻并无异样，摆摆手，飞一个，亲亲再亲亲。我顿觉是在伤害她，内心独白：今晚爸爸不回来，明天也不在，明天的明天，也不在，你明白吗？

那一次，连妈妈也打起箱包要走了。复预感到情况不太妙，竭力抗争，哭破嗓子踢破腿：我要妈妈，我要妈妈。妈妈知道不能怪她，其实也不情愿这般割舍。等终于扭过脸坐进单位送机的小车，眼泪难以控制，刷刷湿透纸巾。

结果，那年夏天，七岁的复伴着七十七岁的姥姥在家中度日。邻居后来告诉我，复很坚强，很懂事。市里老停电，他们一老一小就常常这么在黑暗中，闷热中相对而坐，一坐几个小时。复会挑着姥姥说话，逗姥姥开心，以此压制自己心中的孤单和害怕。

我探亲回家，拉上这一老一小去北京，托付给她二姨家。那二十天里，复像一朵灿烂的花儿，幸福地开放。我们尽情地游玩，她指哪我就打哪，她要啥我就买啥，欠她的毕竟太多太多，时间过得却太快太快。

我要走了，复知道。于是头几天里就尤其温顺，努力要展现她最可爱的一面。其实是怕分离，但这一次，她没有哭闹，却反过来竭力帮助我共同渡过这一关。

临行前夜，我在床头给她扇扇子，哄她睡。她很困了，却小声说：爸爸明天不走复就睡。我说：好吧，爸爸不走。复明知爸爸又在撒谎，却含笑睡去。那张能将痛苦掩埋心底的笑脸，至今仍深深印在我的脑海里面。

在机场，我请求复不要哭，因为我的眼泪早就难以抑制。复是那么平静，那么泰然，直到我走进海关，我没有看见她半点儿悲伤的流露。我提醒自己应该比女儿更坚强，没有回头，等完全走进去了才捂住自己的双眼。

事后，单位的同事在电话里告诉我，复的表现令前来送行的同事们无不惊佩：也就在我完全消失的一刹那，复隔着人群，双手抓着栏杆，目光停留在我消失的方向，彻底地，放声地，不顾一切地，哭了。好久好久，任谁也拉她不走。那份悲伤，那份不舍，那份来自心底的爱恋，在那一刻，爆发！

写什么最难？写感情最难。我写不下去，也写不出来。可是我要把这一次写下来，因为它才是我写这篇随笔的冲动所在。

我家也有个希望工程，那就是培养好复。她应该有一个比我们更美好的未来。

记得我们两口子在美国工作时，有一回我抓错一部片，名叫《Never without my daughter》。看完后孩子她妈受不了了，从此落下毛病：再见不得别人家的孩子，一见就受不了，就想起复一个人在海的那一边，就要落泪。有好几回，把邻居好友弄得莫名其妙。

我安慰太太，向她保证，下次我们一起出国，决不再丢下复。于是，复十三岁时，刚好小学毕业，我们全家移民。

十三岁的女孩，带着几分骄矜，几分腼腆，扎进了异族的人堆。复听不懂，看不懂，又说不出来。蹲厕所有人隔门泼水，打网球有人偷使绊子。孩子也感到失落，回家来跟我们急，在这里她对什么都无能为力，非要立马回国，继续争全班，全校，全市考试第一。

　　那段日子我们也尤其艰难，可还是一放工就打起精神带着复四处周游。美丽的城市，美丽的乡村，只要车子方便开到，能走多远走多远，太太美其名曰对复进行爱异国主义教育。还通过学校联系，把复送出几十里外的人家去寄宿，长期地、强制性地提高她的口语，都过来了，都过去了。

　　就在昨天，十七岁的女儿站在我们面前，自信，坚定，成熟。可是，她就要走了。早在一年以前，我们就为复联系了去德国交换学习的课程，希望锻炼她自立自强的生存能力。

　　可越是临近她要飞的日子，我和太太就越有点儿心神不定。这是她第一次独出远门，好多未知的事情都可能发生，不管她如何踌躇满志，毕竟到目前为止还不会半句德文。再就是那份难舍的心情，房前屋后缺少了复就如同少了我们生活的魂。

　　日子一天天逼近。同学为复开 PARTY，互相赠送再见礼；我为女儿备行装，去留取舍费思量；太太围着丫头转，一会儿密语一会儿喊；相信复的心情最复杂，因为走向未知的不是别人而是她。

　　又到了送别的时刻，这一关，我们一家三口，正因为太有经历，反而都不知该怎么过。大人孩子心里虽然都明白，可有些话就是没法说出来。头天夜里调闹钟，结果三个人调的时间各自不相同。女儿根本就没有睡，我们也是一个钟点醒一回。

　　该嘱咐的都嘱咐了多少遍了，三个人一路少话到机场。太太拉着复再也不撒手，我眼盯着大厅的钟摆仍然在无情地跳动，太太抢着给复买了样啥小东西，复然后还掏出相机请人给我们拍了一张照。

时间到了，时间到了。

复步入海关，又忽然返回来，我们一家人拥抱在一起，互相说的互相也没听见，大概在鼓励，大概在祝福，大概在说：再见！

复从包里掏出一个鼓胀的纸包，在这时递给她妈，大概想说：别现在打开。可是太激动了没说出来。太太心跳骤然加速，口中喃喃：傻丫头，怎么还给我们送东西。

哗啦啦一下，从剪成桃心的贺卡里，无数用彩纸折成的千纸鹤撒了一地。太太再也忍不住泪眼汪汪，我抬头却看见复夺路飞奔，冲进了里面。孩子啊，那包满了千纸鹤的桃心卡，我们从此不敢再细看，不忍再细看。但我们明白这桃心彩鹤的寓意，也明白你的心愿。你就将像这桃心彩鹤，天天陪伴在我们身边；我们也将怀抱这彩鹤桃心，一天又一天，天天为你祝福，直到你又飞回来的那一天。

学　琴

　　到现在我还是那思想：孩子嘛，得有个一技之长。起小有个啥专长爱好的，将来才能有出息，这道儿才算走得正。这么些年了，总是一听说谁家的孩子又出息了，就替我那丫头着急。我那丫头？唉！别提了。四五岁的时候，也排着队，跟艺术学院的老师学琴来着，还隔山漫海地给我寄她弹的曲子。啥叫天伦之乐？自个儿蹲海边一遍又一遍地放小丫头弹的小曲儿，那听着心里才叫乐呢。可等我回国的时候，老婆告说，这孩子，老师上课拿棒子打她的手，结果回家就一蹦三尺高，打死也不学了。并且的并且，以后再叫学什么都是死不答应。体操不学，游泳不学，唱歌不学，跳舞也不学，能指望将来出息点儿的她都不学。那盒子她弹的小曲儿，给整得成了绝版。如今十几岁的孩子了，正是该学正经学问的时候了，可她却忽然喜欢上画画了。每天回来不看书也不做作业，画得一屋子天翻地覆的，越说她画得没个人样她就越是洋洋自得：这才是毕加索！给我急的，这不明摆着不务正业，避重就轻，要把前途给毁了吗？

别忘了，这可是你们，老说我，没有一技之长，就不会有出息。这丫头还有理了：你们老说，学钢琴的会是钢琴家，学体操的会是奥林匹克冠军，疤瘌疤瘌，都是你们说的吧？嘿！这臭丫头，这不，叫我一脚，给踹德国去了，一句德文都不懂，总得学了吧？我呀，眼不见心不乱，图个清静。其实呢，我这思想，也是来自老老年里所受的影响。那年头，政治运动一个接一个，谁家大人还顾得上孩子呀？将来能进工厂就算出息了，能参军就是大出息。我们邻居里，最早出息的是马家老三。马老三，十二岁的时候，忽然就叫部队给招走当文艺兵去了。原来他成天没事跟着哥哥学吹笛子，吹得特好，能吹出凤鸣燕叫，行云流水来，一技之长，这就出息了。听说他立马连名字都改了，叫马军了。老爸知道了这个消息，回家来瞪着我看了老半天：你呀，学拉二胡去吧。我二叔，在歌舞团拉二胡。二四六晚上演出，一三五晚上答应了，教我。那时候收徒弟得悄悄的，也没收钱这一说。可我才学了没俩月，二叔就下乡巡回演出去了。一去就是一年多。从乡下回来，二叔检查我的进展，第二天就跟老爸说他不干了：阿猪，没这天赋！老爸回家来，又瞪着我看了老半天，摇了摇头：你呀，啥天赋也没有，一边儿玩儿去吧。一直玩到大家伙儿插队下农村。守着那一亩三分地，上茅房连手纸都没有，得，改用树枝擦屁股了。很多人才后悔当初没走一技之长，然后出息的正道儿。有开始拉二胡的，有开始拉提琴的，不上工的时候知青那院子里可热闹了。这边二胡"拉米，米拉"，那边提琴"多来米发，索拉索，米来多"。跟我住隔壁屋的，叫阿洪，走哪儿，只要看见小姑娘，他就高唱黄色歌曲。知青组里偷鸡摸狗的事儿，十有八九是他领头干的。别看阿洪平时小流氓一个，可有两件事儿，却值得一提：一九七七年高考的时候，历史和地理合算一门，各占五十分，试卷是一张 A4 大的纸，正面是地理题，翻过来，是历史。他考试时，没翻。结果史地科，只得了五十分！去了中专。不然，没准儿就出息成精英。阿洪的另一绝活儿，就是吹口琴。比起左右这些个拉二胡拉提琴的，不知要好到哪儿去了。夜里他一吹口琴，那边屋里正洗头的女知青都会把脸盆端出来洗。我于是一再要求，替了他担水劈柴，跟着他偷鸡摸狗，这才坐稳了教我吹口琴。单音，重音，舌拍，手拍。俩人是模是样的，他口琴往哪边走，我就跟着走，我吹口琴，远没阿洪那么溜。上大学的时候，坐窗台儿上冲着女生宿舍吹，吹得人家纷纷拉窗帘关窗，隔壁班也有几个能吹的，商量着文艺会上一起出个口琴齐奏的节目。结果排练的时候，下面的人哄堂大笑，原来我吹得还凑合，可整个口琴运动的方向，跟所有人反着！到现在，我还是反着吹口琴。因为当初跟阿洪学的时候，面对面。这小子，忘了教我把口琴反过来吹！

水

　　学市场细分的时候，老师首先举的例子就是水，来说明市场总是能够分而再分，难以穷尽的。今天，到超市去，就会看到，水的销量大，品种多，琳琅满目。精明的生意人把水都摆在了饮料的前面，啥矿泉水啦，纯净水啦，蒸馏水啦，甚至在包装上还要再分，绿色表示清新，蓝色表示纯净，白色表示价廉，添一笔红色造血，画一笔黄色补脑，我的姥姥，不就解渴吗？

　　曾几何时，哪儿有这讲究？村儿里的孩子，又蹦又跳的，渴了，就喝稻田里的水。顺田埂边上，找个水稍微不那么太浅的地方，弯腰蹲下，双手轻轻拨开水面的漂浮杂质，赶紧捧出一捧水来就喝。慢一点儿，一是水底的浮泥会泛起来，二是蚂蟥会追着动静游过来，于是只好换个地方再捧。

　　再大一点儿，能挑水了，才学会用明矾净水。家里有个水缸，把水从半山上的水闸子那儿一担一担地挑回来，灌满，用明矾在水面上绕几圈，悬浮的细小颗粒就会沉淀。

回到城里，更讲究了，挺干净的自来水，不让喝。自来水龙头一栋楼一个，旁边贴一告示：病从口入，少喝生水。啥钩虫蛔虫血吸虫的，一个比一个吓人。单位食堂都有烧开水的锅炉，打饭打开水更是后来大学里的一道风景线。

第一次出国时，对自由世界的第一认知就是水龙头里的水可以随便喝，保证干净。整得我是看见水龙头就想喝。渴不渴是次要的，享受自由是主要的。再就是办公室里立着个塑料水罐子，红的按下去出热水，蓝的按下去出冷水，真绝，我老去按，上瘾。

一直认为水只是解渴，而饮料则不但解渴，还有其他营养成分，可以补补身子啥的。所以甚至在找局长大人帮助调动工作的时候，考虑来考虑去的，居然给人送的礼是两大瓶子"芬达"。要换成是现在，非让人打出来不可。而那时候，送两瓶芬达，这礼就不轻了，我就调成了，还是他姥姥的金融单位。

别不信啊！一九九三年了，单位派我长驻北京，每次托列车员给老家的朋友和领导带礼物，还就"康师傅"方便面最时髦。那两瓶子"芬达"，比那还早，是一九八七年的事儿了。那一年，"芬达""可乐"打进市场，广场上搞活动，吹起老大的"米老鼠"和"唐老鸭"做广告。市里汽水厂当年转产，第二年被兼并，就这势头。

听说过吗？如今有一种"诺利"果汁，比当年的东洋魔水"健力宝"贵上百倍。这次去加州，一个朋友刚好是传销"诺利"果汁的，强迫我喝了半杯，说是包治百病。这果汁之所以神奇，因了一个美丽的传说：它来自南太平洋的一个群岛，那里人，伤残自愈，长生难老。并且，从未发现过任何癌症病例，化验不出任何一个癌细胞，瞧人这市场划分得多好，多少人不想得癌症？多少人得了癌症吃不起"美罗华"（一种抗癌药）？最替当年发明饮水疗法的那位惋惜，随便扯个故事，全国人民都只喝他的水，比尔·盖茨算个啥啊？

写给《空镜子》

最近，一个人过日子。应了《空镜子》里的那句台词儿：自由是有代价的，这代价就是孤独。所以，我每天都要到网上聊天室里吼一嗓子，权当是排解，排解胸中的郁闷。

来到这《老歌情怀》聊天室里吧，老是听网友们在唱新歌儿。其中一首《好人好梦》，唱的频率非常之高，不同的人，不同的版，有的时候一个晚上唱好几遍，听都听熟了。

那悠扬、抒情的华尔兹曲调，那打动人的歌词，不错，好歌。我呢，一贯以来，听见好歌就想唱。跟聊天室里的网友一打听，原来这是一部电视剧里的歌，一部非常好看的、很红了一阵的电视剧，叫《空镜子》。

当年的《渴望》，那歌，那电视剧，也是这么样的红了很久。那首《渴望》，更是到现在仍旧类属好歌经典。这么一想，我跑去找来了《空镜子》的光碟，反正也是一个人的圣诞，闷在屋子里，看了两天。

　　真好！不是我太久没看国内的作品了觉得新鲜，不是我一个人闲呆着无聊了连欣赏水平也大幅降低，而是这《空镜子》，的的确确是好！

　　平时，老婆看什么我从来不看，不但嘲笑她眼泪水浅，看什么破电视剧都哭。还经常抱怨，因为她老是在黄金时间不看新闻而看连续剧，整得我每天早早就睡了，结果，止不住地发胖，要花钱上俱乐部去减肥。可是的可是，这《空镜子》，看得我是老想找个高潮的地方，哪怕酸他一鼻子。就为了这片子，我觉得值，不哭反而可惜了。

　　这《空镜子》，尤其演员，演得真好。真的真的，是又真又好！看到最后，潘树林的闺女猛不丁地来一句：妈，以后我也要喝凉的。我这心头，跟着片子里的演员，一热，鼻子一酸，泪水，刷刷而下之后，我跑到聊天室，上来就唱《好人好梦》，一副豁出去的架式。反正也没人看见，唱得好不好再说了，就觉着不唱对不起谁似的。想了想，对不起孙燕儿！呵呵。

　　接着就开始追星。打开搜索器，把所有关于陶虹的新闻旧闻读了个遍。看陶虹出道，看陶虹得奖，看陶虹练花样游泳，看陶虹当节目主持，直到看到她终于嫁给了猪八戒，嫁给了咱老猪家的人，这才心安理得地洗洗睡了。一看表，夜里整三点！

　　唉！躺下了还睡不着，脑子里还在翻唱：

　　烛光中你的笑容，

　　暖暖的让我感动。

回国见闻

吃

先得说吃。回国最想的就是吃！一切因了出国而久违了的家乡口味，尤其是那些路边小推车里的杂碎，肠子肚子蹄子爪子什么的。常听见有那崇洋媚外无以复加的对国人说：外国的中国食杂店里，东西比国内还全，怎么可能？简直胡说！

这次回国吃，第一感觉便是便宜。十八元人民币一位的自助餐，老长的台子上摆了不下一百八十的花样，从干锅狗肉到拔丝芋头。端着盘子，转得我两眼直放光。身挂厂家彩带的推销小姐居然还凑上前来提醒：先生喝点什么？有生啤扎啤二锅头，饮料橙汁八宝茶，来我们这里吃，酒水全包！

从前的哥们儿，每周定日子，陪老婆们打网球。完了出一身汗，就必要去喝粥。连我在内，十几口子大人，叫上三大瓦罐：艇仔粥，泥鳅粥，及第粥，罐罐有内容。还摆了一圈子水煮花生炸油条，为了我的加盟，又开了两瓶啤酒。乱哄哄的吃完一算账，才五十五元钱。

回去原来那条街，原来那间铺子，吃原来那种八珍米粉，竟还是原来那个老板娘，原来那个价钱！屋子比过去更黑了，到处比过去更脏了。可这米粉，在国外自家的厨房里曾如法炮制了多次，深深体会是：不到原来这么脏的地方吃，原来那梦寐以求的味道就根本出不来。

花样翻新，层出不穷。这次回去又时髦好些新杂碎。比如掌中宝，就是鸭掌心上的那块老茧。很纳闷，得杀掉多少饱经风霜的鸭子才能满足得了这么大的市场？满街的大酒家小排档，赶时髦的吃客坐下来点菜如数家珍，不消一会儿，就见盘盘掌中宝端向张张桌子，每一盘里少不了也有几十个老茧，记得老老年里插队的时候形容决无可能时，常叫板：有本事给来盘儿蚂蟥骨炖蚂蚁肉。看来，用不了多久，这也未必是啥难事儿。

再还有一个体会就是：国外的这些中餐馆的老板心真狠。我当跑堂端盘子那会儿，挺大的个餐馆儿，老板就只请两个伙计。忙起来，三十张桌子两个人跑。碰上婚丧大宴的，老板娘宁可拉上个半大的儿子跟着一块儿跑，就是不愿多请个伙计。你要喊累，她就会说：我不也跟你一样跑吗？真气不死个人！

还是国内好。餐厅里每张桌子边上恨不能站俩小姐，最少也站一个。添汤倒酒，撤碟换碗，随叫随到。

挺麻烦的倒是这些小姐不少是从乡下来的，听不太懂普
通话。我喊：小姐，请来一包餐巾纸。喊了三遍没见反
应。哥们儿乐了：阿猪老外呀！瞧我的。他喊（音）：
小写，醒来一泡三斤屎。小姐果然迅即递上一包餐巾
纸。把一桌人笑翻。当然，这是在南宁，跑别的地方你
可别乱试。

　　印象深刻在广州，老同学听说我回来了，二话没说
就来车请我去吃饭，看他摆谱。果然，车开半路，马路
边一背挎包的，工地上的包工头，早已听命，等在那
里。上车后，酒席中，包工头一言不发，就是来等着埋
单的。回广州的路上等那工头儿下车后我才找到机会
说：你牛啊！这车子也是腐败来的吧？老同学摆摆手：
前个月吃成急性胰腺炎，这些工头儿们都松了一口气。
已经很久没敢这么放开吃了。就刚才，那包工头你也看
见了，哈工大毕业的，硕士！他姥姥的，腐败呀！

　　那晚，老同学车出广州，过番禺，又还往前开了半
点钟。没有了水泥路，车子在土路上颠簸，直到听得见
浪花的动静。眼前忽然一片竹子搭起的楼棚，灯火阑
珊，热闹非凡。从我们开桌的小楼走到点菜的地方都要
走好远。点菜的地方，恍如水产市场，大池小笼，尽数
江河湖海的鱼虾贝蟹。老同学告说：现在都市人喜欢返
朴归真，这荒郊水畔的海鲜酒家成了首选的去处。又便
宜，又有情调。

　　唉，没有不散的宴席。回国，关于吃，就说到这儿
吧，看把你馋的！

看　病

回国之前，看到网上在为红包不依不饶的，很担心国内的医院是否一片黑暗。

我发现，海龟有两大类：一类比如我，是有大病就回国；另一类比如我外甥女，有病就不回国。哪怕是回国期间病了，改机票也要赶回美国去治。

有大病就回国的，是图国内诊治费便宜，而且，国内医生因为病人看得多，经验丰富；有病不回国的，是因为：要不就在国外买了医疗保险，有病不看白不看。要不就是定居国福利好，医疗费全免。

以前在国内当个干部，每年国家会安排你去体检。出国以后，这么多年了，没这一说了。所以这次回去，顺便就把自己这些零部件让医生过一遍。

现在的医院，和过去大不一样。门厅里，抬首就见问讯服务台，各处还有流动服务生。服务生服装都不一样，挂着为您服务的彩带，格外显眼，给病人指路答疑。原来，挂号，划价，交费，病人要楼上楼下来回跑，排几次队。现在每层楼，每个科，几乎都有自己的挂号划价交费处。

以前看病，一看就是一天。去照个片子，其实才排三五个人，也得等上半天。设备陈旧不说，那戴黑眼镜的王八蛋茶照喝报纸照看，聊天，走后门，上厕所，就是不好好伺候排队的病人。

这次我也照片子，到那儿一数，前头病历排着二三十个。心想这得等到猴年马月？结果才没二十分钟就叫到我了。那小伙子之神速：向前靠近点，站直，吸气，停一停，好了。下一个给做 B 超的那位，听说我几年没体检就直摇头：刚才你前面的那个病人，开矿的，忙赚钱，两年没露面，痛了才来，已经是晚期，都拳头那么大了。吓得我直出虚汗。

等看完病，转回去想要谢一谢那医生。出乎意料，她没向我讨要红包。奇怪，她暗示我，可以写封感谢信。是不是感谢信收得多的，年底奖金就高？这会儿管我要感谢信，听起来，就跟没改革，没开放似的。

临走，经过楼层的挂号交费处，忽然注意到旁边的墙上钉着一张大红纸。上书文字默写如下，我就不再多说什么了：

敬告各位病友：

这里经常有病托，
往别的医院拉病源。
请各位病友小心提防，
切勿上当。

人民医院

范毕欧先生的故事

他其实叫范毕欧斯·库杜诺维奇，老家是希腊人，父亲却在罗马尼亚拥有庄园和土地，很有钱，直到盟军取得二战胜利，革命的罗马尼亚突然大规模进行土改。

土　改

那天，我在大学图书馆里翻开报纸，一眼就看到了政府将所有庄园主的土地收归国有的红字标题。我坐着牲口拉的架子车赶回家，二十几里的山路，坑坑洼洼的，颠了五六个小时。到家时，已经有土改委员会的人在守卫着，把我拦在了外面。

其实，在头一天夜里，委员会的人便突然闯进了庄园。他们限令我父母，在一个小时之内，每人只允许带上不超过二十五公斤的衣物，滚出庄园。其余的东西，全部原封不动，划归委员会。那个荷枪实弹的苏联人，曾经是苏联坦克军的一名军官，这会儿成了委员会的头儿，指挥着农场里的工人，封存我们的财产。

一个在庄园做了很多年长工的老汉，把父母亲暂时安顿到邻村自己的家里。我见到他们的时候，母亲已经躺在床上，昏过去两三次了，记得那是一九四九年三月三日。

范毕欧先生当时正在城里大学化学系读大三，是一名很优秀的学生。他寄宿在父亲的一个法国朋友家里，那年迈的法国人是城里有名的律师。他还一直在他表姐所在的医院的化验室里打工，这位表姐并且是这家医院的领导。

失 学

一夜之间，万贯家产荡然无存，除了那晚藏在衣服里带出来的一点儿首饰，我们一无所有。之后的几个月，母亲病倒在长工家里，父亲更无法面对这个现实，抱着一线希望，到处找机关上访。一次次的申诉被无情地驳回，许多原来的朋友，此刻也是爱莫能助，远远地躲开。有这么十来天，父亲还被关进监狱，幸得法国律师出面，不然老命可能不保。

身居领导岗位，又是革命党员的表姐，几经周折，委员会的一位官人，终于愿意聆听我们的冤屈：土地和房产，按政府土改的规定，该共产就共产，我们从命。但是的但是，那些属于祖辈承传的琴棋书画、文献资料，那些手工器具、餐炊具，那些身上穿的、铺上盖的细软，也这么说收就收，实在是欺人太甚，伤天害理呀！

　　嘴皮说破，眼泪哭干。官人最后冷冷的一句，父亲终于彻底垮掉。你知他说的啥：收了你们的东西，有收条吗？没有？有我都难帮到你，更别说没有。

　　下一个，很快地，灾难就落到我头上。教务长通知我：因为是庄园财主的狗崽子，上面要收我的学费。一个月五百大洋，交不出来就滚蛋！那时候，一个全职的医生，每个月也才一百五十元的收入，我在实验室打零工，连五十元都挣不到。就这样，我离开了学校，这辈子从此没再能回到大学里去，把那最后一年的课程读完。

出　逃

　　我还在表姐的医院里上班。医院里还算好，毕竟都是些有文化的人。当中不少人，很同情我一家的遭遇。每个星期，我们也要政治学习。可大家坐到一起时，都不认真讨论政府的主题，而是愿意听我报告 BBC 广播里美国人在欧洲的消息。每到节庆日，同事们还推选我出来负责出墙报，挂花贴彩，装点气氛。可是，发自内心的，我感觉到，在这个国家的日子，是越来越不好过。

　　第二天，三更半夜，警察来砸我的门。他们借口有人密报，从我屋子里每晚都传出打字机的声音，因此他们要搜查。我的打字机、收音机啥的，当场全部被拿走。

　　躲回长工老汉的村子里，我们一家，除了离开罗马尼亚，已经再没有任何选择。

一九五〇年八月二十三日，范毕欧一家，持中立国瑞士护照，从黑海边上一个小镇出关，悄悄离开了罗马尼亚，开始了漫长的逃难旅程。

难 民

那是一个月黑风高的夜晚，经历了数日的长途跋涉，我们按事先安排好的时间，从事先通融好的关口，登上了事先安排好的一条货船。在就要上船的最后一分钟，一个海关的人突然走过来指着我说：放下你手中的箱子，你不再需要这些东西了。

那些箱子里装着我全部的书籍、证件、笔记和照片，装着二十三年来我的出生地留给我的，最后的，一切。我想跟他理论，可我感觉到所有人的眼光都在示意我不要坏了大事。含着眼泪，攥着拳头，咬着牙，我上了那条货船。

货船载着这一百来人，沿着黑海航行，穿过土耳其的伊斯坦布尔，在希腊境内的一个小岛靠岸。岛上唯一的教堂，成了临时的避难所。在那里，我们被要求重新登记，身份是希腊裔罗马尼亚难民。

两个月后，我们这一百多人，被转移到离雅典城八十多公里以外的一个更像点样子的难民营中。政府根据我们个人的条件，安排我们一边学习，一边工作。我因为是学化学的，被安排到附近的一个矿上顶夜班化验样品，报告每天开采出来的矿石的成色。父亲则每天要到离难民营不远的一所警官学校里，给士官生煮咖啡。如此，不知不觉中，时间已经是一九五一年的春天。

三月里，跟着报春的鸟儿一起到来的，是一个远道而来的新西兰难民接收小组。他们尽情地描绘地球那一头的一个岛国，在我们每个人心中展开了一幅美好的画卷。让我们重新开始吧，找回那属于我们的自由的生活。

他们带着我们所有人的材料，带着我们的希望，走了。接下来的，是漫长的等待。

新西兰难民接收机构经过评审，第一批名单下来，批准了范毕欧先生的移民申请，但没有批准他的父母。一九五一年六月，一艘由希腊政府提供的客轮，满载着一百五十名希腊裔罗马尼亚难民，启航前往意大利，从那里，他们将会合其他欧洲国家的难民，一起移民新西兰。

艳　遇

从雅典到意大利的圣塔路西亚，中间我们的客轮停靠过马耳他。在圣塔路西亚，有一个规模很大的难民营。我们在那里等待将要来接我们去新西兰的大轮船，等了一个月。期间，因为我们只是中转，没有外出行动的自由，像被关进监狱的犯人。但是，每人每天，却可以领到十个美金的旅费。

那天，我用一块大洋跟伙伴们打赌，我要出去，到城里去。我偷偷地塞给看守两盒香烟，他便答应放我出去。我则向他保证，当天晚上一准儿回来。结果，当天晚上，我没有回来，而是第二天早上。伙伴中，我成了英雄；难民营，更加强了对我们的看管。

那天，我出了难民营就直奔火车站，搭上进城的火车。一进城，我就叫了一辆马车，用蹩脚的意大利语跟马车夫交流。没几句话呢，我被他当成游客，拉到附近一家妓院。那里的妓女，每次只收两个先令。可惜都长得太丑，把我吓跑出来，沿街瞎逛。

这时候，走过来一个女孩子。她看我说话穿衣都不像本地人，长相却十分的意大利，便无论我再怎么解释（自己是一个偷跑出来的难民），认定我是美国人。忽然把我当成是纽约布鲁克林来的西西里黑手党那么样来崇拜。她热情地向我介绍她的城市，图书馆、美术馆、战争博物馆，并且还领我去了著名的圣塔路西亚海滩浪漫了一个下午。

我们，两个人，开开心心玩了一天，傍晚的时候，我向她告别，向她说明，我必须赶回难民营去。可她却不依不饶，非要我见见她的父母，到她家里去吃一顿晚饭。她那里盛情难却，我这里也早已是依依不舍。尤其是当她闪着大眼睛认真地看着我的时候，向看守作出的保证立马就九霄云外了。

那晚，见过她父亲母亲，饱餐了一顿意大利家常饭菜，喝过葡萄美酒加咖啡。我进了她的小屋。

在圣塔路西亚难民营等待了一个多月之后，范毕欧先生和其他一千一百名欧洲各国难民一起，登上了一艘七千吨级的货船，经地中海、红海、印度洋、澳大利亚

的伯斯港，最终，于一九五一年八月二十一日抵达新西
兰首都惠灵顿。

海上航行时间六周。

新　生

尽管是免费的，可那真是一条糟糕的船，一次糟糕
的航行。

船上的伙食很差，分给我们的根本吃不饱，便经常
在夜里溜进厨房，偷些洋葱和面包，就着吃。船在航行
到印度的时候，忽然出了故障，停在那里不动，好几
天。正好是盛夏，正好靠近赤道，我们这些罗马尼亚
人、波兰人、匈牙利人、保加利亚人，哪里受过那份煎
熬，白天像热锅上的蚂蚁，夜里全部挤着，睡在甲板
上。

好不容易，我们在惠灵顿港口下船出来，第一印
象：人呢？那天刚好是星期日，我们徒步从码头走到火
车站，老长的队伍。可除了我们，四周一个人也没有。
很像战争时候的空袭，或者知道我们的到来，害怕发生
瘟疫。

在火车站，来的难民分别搭上去不同地方的火车。
跟我在一起的，还剩八十个人。我们这八十人，去到新
西兰北岛的一个难民营，在那里停留了一个月，一边学
习英语，一边熟悉当地的环境。政府让我们填表，谈自
己的志愿和想法。我填了，希望到大学里去学习，完成
我的学业。可是却被告知：新西兰需要的不是科学家。

　　一个月后，我们又被招呼上船，去了新西兰南岛当时的一个水电站工地。工地上，分给我们住的是石块垒、茅草编起来的房子。睡的是木板床，一人还分了一张过冬用的草垫子。第二天，又每人分给我们一把铁锹一把镐，叫我们上工地，开山。

　　就这样，我成了新西兰的移民。辗转于南岛的数个水利工地，一干就是八年。直到一九五九年，才终于领到一本新西兰护照，回到惠灵顿，开始了真正自由的生活。

　　范毕欧先生的故事，到此本该告一段落。可是，还有，那场战争。那场战争呢？在我的要求下，老人又补上了下面这一段：

战　争

　　我从小学四年级开始，读的就是德国人的教会寄宿学校，接受的是准军事化的教育。德国战败后，德奥籍教会人员被送进了盟军的教导营，学校由罗马尼亚政府接管，直到我毕业进了理工学院。

　　在寄宿学校里，我们学习德语、英语、法语，好几门语言。我们有良好的体育设施，篮球、足球、游泳、田径，我最喜欢的是乒乓球。曾经参加过国际比赛，在大学里并且是冠军。

　　德国人还在罗马尼亚的时候，曾经给我父亲的农场送来过十一名俄军战俘，长年帮我们干活儿。我因此还学会了一点儿俄语。那些战俘，我们对他们很好，可他们的命运很悲惨。俄军打回来的时候，解放了他们，却没有让他们告老还乡回俄国，而是发给他们武器，把他们送上战争的最前线。给他们的武器，是没有装子弹的。很快便有消息传回来，当初在我们农场的十一名俄军战俘，无一幸免，全部阵亡。我猜这正是俄国人所希望的。

罗马尼亚人一向很见风使舵。德国人强大的时候，他们甘当傀儡。战争才打起来，他们就把俄国人统统抓起来了，献给德军。后来俄国人打过来了，他们又把德国人抓起来，献给俄军。

虽然从没有战火能烧到我们的庄园农场，但是，当挺进的时候，两边的部队都曾要求我们提供军需的粮草和宿营地。总的印象，俄国人因为是红军，从不在占领区作乱，不奸污妇女，不偷不抢，比起德国人来时，要文明得多。

记得在德国人撤走之后不久，有一天夜里两三点钟，忽然见俄国士兵叫门，送来一封有俄军指挥官签名的、写给父亲的信：我们有六百个士官，将借贵农场暂住，需要提供如下军需粮草，按价补偿，一下子，满园皆兵，帐篷、车辆、马匹、弹药。

那以后，还发生了这么一件事，令我至今想起来，寒毛还竖。

我有一个伯父，在小镇上开了间酒馆儿，每个礼拜，都要到农场来拉食品。肉、果、蛋、菜、酒，他喜欢打猎，在农场总放有几把长枪，尤其是冬天的晚上，月光照在雪地里，又明又亮。我和伯父就放狗出去把野兔赶到雪地里，自己躲在一边射猎。

有一天，记得是就要过圣诞节了。半夜里，狗的叫声把我们惊醒，是几个带枪的人正跳进园子，可能要抢我们的东西。伯父猫腰蹿出去，躲在暗处朝天鸣枪。没想到这几个贼人反而开枪打坏了我家的门窗玻璃。我见到一个人影，已经很近，于是就端枪朝他还击。他中弹应声倒地，其余几个贼人见状才仓惶逃走。

我们几个把受伤的贼人拖进屋里包扎，才发现是个俄国士兵。伯父赶忙到离农场不远的俄军兵站报告，我则以为自己闯下大祸，害怕得浑身打颤了一个晚上。

第二天，俄国人开了一辆美国吉普车到农场来调查出事当时的情况，看了他们开枪打坏的玻璃，带走了找到的弹壳，也带走了心里仍七上八下的我。到了兵站，进了俄国军官的屋子。那俄国军官坐在桌子后面，我站在桌子前面，旁边还站着一个翻译。和我们并排的，是腿上打着绷带的那个受伤的俄国士兵，坐在那里。

在我们再一次分别交代了情况之后，军官从抽屉里掏出一把手枪，啪的一枪，就这样把那个士兵当我的面给毙了。我蒙上自己的眼睛，转过身去，心想下一个就是我。可是，没再有枪响。你们可以走了，那俄国军官挥了挥手，还通过翻译向我道歉。

那晚，总共来了五个强盗，三个罗马尼亚士兵，两个俄国士兵。除了给当场毙掉的这个，其余也都抓到了，送进了监狱。

记得盟军开始空袭罗马尼亚是在一九四三年的冬天。当时离我们不远，几十里以外，是一个油田。在盟军眼里，那里恐怕是德军在罗马尼亚唯一重要的军事目标。于是白天是美国人的飞机，晚上是英国人的飞机，轮番进行轰炸。我常坐在高高的草堆上面，用望远镜遥看那壮观的场面。其中有一次空袭，广播里说，从埃及飞来了一百架美国轰炸机，结果被击落了八十架，不知是真是假。

阿猪同事写真集

同事写真·阿桂

"表哥"

记得刚到公司的第一份差事，就是送阿桂出国。他是学英语的，出国做翻译，同行的还有几十个建筑公司的人，一起到国外承包工程。我其实是跟着来送阿桂的，可走到那里，我比他还要激动，倒像要上飞机的人不是他，是我。在虹桥机场里，和建筑公司的人走在一起，其貌不扬的阿桂竟显得格外出众。上身一件才从南京路买的培罗蒙小花格西服，手提陪市长访问欧洲时外办统一发的旅行箱，肩背印有"漓江旅游纪念"字样的人造革马筒袋，马筒袋里，还插了他那勾引女孩子的专用道具，一支黑管儿。再看从建筑公司来的这些出国人员，好家伙，简直清一色"表哥"。虽然都穿着西服，有的还打着领带，可就是没个模样。衣服让挎在身上的行李扯得歪七扭八的，裤脚下还露一截脚脖子。自打进了大上海，这些人就没停止过东张西望，更别提进到这满是老外的国际机场了。"表哥"们每个人都有一只特大的、塞得满满当当的帆布箱。结果，行李过磅时，按日本航空的标准，这些大箱子没一个不超重的。得，当下就地开包，往外丢东西，这个乱哪。再一细看，我差点儿乐昏过去，清一色，尽是洗衣粉、肥皂和牙膏。机场大厅登时成了百货地摊儿，我才恍然大悟公司领导的先见之明，要不怎么会派我来送行呢？感情这哪是什么美差，整个一个烂摊子，而且我又人生地不熟。但见阿桂冷眼站在那里，手里拎着一摞的护照机票出境卡报关单，冲我耸耸肩膀：阿猪，那么，就拜托了。那天，到最后，这几十个"表哥"把日本航空的班机给折腾得晚点起飞四十五分钟。而我就更惨，机场把我兜儿里的钱罚了个差不离不说，待一切料理完毕，最后一班机场巴士早已开走。

注："表哥"一词，是当年港人对大陆公干的尊称。因为开放初期，公干们无论官阶大小，全跟港人从广东乡下才来的表亲一般老土。后来看看不少的"表哥"确很有些钱，又或者权就代表钱，于是改称"表叔"。如今，"表叔"们在香港大都已混出些模样，怕是该令港人又有别有新意的称谓了吧！

台 风

阿桂他们去的那个地盘，是南太平洋上的一个小岛。来往于该岛的飞机全都是小飞机，这几十人马于是只得分批进入。没曾想就在这时，岛上刮起了特大台风，把队伍一切两半儿。阿桂不幸，跟在前一半儿里，才住下，摊开行李，饭锅都还没来得及支起来，警车呜呜就到了，把"表哥"们吓了一跳。直到搞清楚了是台风马上就来，才缓下这口气。台风嘛，哪年不得经个两三回！可哪里想到，这回不是在大陆，而是在太平洋上台风的老家。台风说着说着就到了。好心的邻居几分钟前还手舞足蹈、叽里呱啦地替这些天外来客着急，不一会儿就没影儿了。七八个钟点里，风夹着雨点吹打得房前屋后劈里啪啦，呼里哗啦，吱里嘎啦的，愈演愈烈。风，水，不是风水，从一切缝隙中拼命往屋里蹿。阿桂经的场面虽多，但这次似乎不同，真有些害怕。他想要去摸响得厉害的窗户，可手往玻璃上一放就再也不敢放开来了。感觉要是不用手撑着，那玻璃非当场让风吹碎不可。平地一声惊雷，电灯摇晃着，忽然就灭了。狂风咆哮，震耳欲聋。大家到这会儿才着了慌，七手八脚地搬东西，要把门窗顶住，可惜已经来不及了。说时迟，那时快，就在阿桂回身去抓电话的当儿，强劲的狂风撕开了门户，并在转眼之间将整个屋顶掀开，闪电的光芒，照得见一排吊扇，此刻却朝天飞转，万般恐惧之中，风竟戛然而止。警车再次呼啸而至，告说这是进了风眼，有请中国朋友到公堂一避。半小时后，风会从反方向再来一遍，那岂不是要将吹翻的屋顶正好再盖回来？阿桂面色铁青，冒出一句。一路上，阿桂看到邻居们熟练地卸下封堵门窗的夹板，转而把房子另一面的门窗又牢牢钉上。这才明白早先他们手舞足蹈的初衷。台风之后十多天，来往于岛上的交通才完全恢复。这前一半人马向后一半大倒苦水：他们的行李损失惨重，他们没有水洗澡，他们已经吃了好几天的狗食，地盘的工程，于是从重建家园开始。

花花公子

过了年，我也遭公司派遣，到这岛上练摊儿开店，与阿桂有了更多的接触。阿桂人很实际。如果没啥实惠，想要他做点儿事儿忒难，哪怕是分内的活，也满是一副"moneydown, panty down"的嘴脸。阿桂也很懒散，除了来台风，平时雷打不动。事情能等到明天又何必在今天劳神，是他的一贯逻辑。建筑公司的经理，经历了几回无可奈何，才明白这阿桂翻译是条狼，舍不得孩子套不着狼，得供着。于是经理给阿桂每天另开小灶，白天晚上陪着他海阔天空吹，还时不时特别奖励他一下——请他去酒吧。而我，只要有空，就成了当然的三陪。阿桂能喝，是个啤酒桶。往往你喝两罐，他就四罐，你喝八罐，他就一打。而且不到第五罐开罐，从来不去厕所。我论个儿虽高他整一头，喝酒却总是甘拜下风。酒色不分家，阿桂就是一个榜样。他大学里有过前妻后爱，单位里有过共枕同床。女孩子后来都嫁人了，还纷纷跑回来吃他的回头草，跟他戏洗鸳鸯。他有说不完的三级笑话，讨吧女欢心忒在行。岛上制衣厂来了大批中国女工，他更是夜里比白天加倍地忙。就连我开餐馆，从老家英语业余班请来三个姑娘，嘿！这哥儿们没过半年，睡了俩跑堂。真怀疑这家伙功能奇异，是不是有啥特长。阿桂是一个现实生活中很少见的、不折不扣的花花公子。他曾经很自豪地向我透露他的泡妞三步曲，告说是回回灵验，次次打响，从来没哑炮。但凡能听得他独奏——吹黑管儿的，离重奏就不远了。阿桂在另一方面也浑然独到，从来和女孩子分手不会留下后顾之忧。不是情势所逼，就是女方潇洒，自愿放弃。很多时候他自己倒活像个为情所困，又行将失落的王老五。

说起吧女，我倒见证了一个插曲：那天，忽然有个菲律宾吧女从机场把电话打到我店里，求我把阿桂找来，非要再见他一面。我赶忙驱车到阿桂住处，拉上他就往机场跑。一路上阿桂好生奇怪，这姑娘和他几个月前就已经说好分手了，因为一个当地土人愿意娶她，还差点儿没打起来。姑娘为了绿卡割爱，阿桂也乐得重新自由，俩人已经很久没再来往。机场那一幕真精彩。老远看去，姑娘挺着个大肚子，搂着阿桂放情地、死命地亲，眼泪吧嗒，泣难成声。阿桂却完全是一副无功受禄的样子，两手绕着姑娘滚圆的腰身，搂也不是，不搂也不是。回去的路上，阿桂沉默不语。后来，任我再怎么审，他一口咬定那孩子不是他的。是那土人抛弃了这菲律宾姑娘，使她惨遭移民局遣返。

副　手

那年公司派我去巴基斯坦当项目经理，相对不错的待遇，还允许挑一个副手。没有太多的犹豫，我点了阿桂。通知到阿桂时，他正在神女峰下，三峡游艇的船舷上，胳膊肘勾着个窈窕的天津妹子，心里却犯愁如何与她彻底分道扬镳。天大校园里有座桥，周末的夜晚就是英语角。阿桂到天大进修才半个月，从桥上就把个大妹子拐进了干修班的楼道。黑管吹的小夜曲，影集全是单人照。大二的姑娘以为神赐，一见钟情，亡命天涯的夫婿，经验的阿桂故伎重演，又施展他那放之四海而皆响的泡妞老一套。我点阿桂，也明知要废掉个岗位。可与那些三天两头会来事儿的这么一比，他决不算是个累赘。有了他，做项目会少点儿闷躁，多点儿逗趣；有了他，一块儿来的大老爷们儿也必会离那半边天更近些，容易保持人味。果然，阿桂对项目的贡献不可估量。老巴那个鬼地方，本来就算你平川长驱八百里，周围仍惨过难民栖息地，可有了阿桂就是不同。都是阿桂出的主意：拉来细砂，在营地里厚厚的铺开一个场子，老少爷们儿爽爽地打打沙滩排球。整来俩大碟子，一个冲着亚洲一号，一个冲着亚洲二号。《北京人在纽约》、《过把瘾就死》，这都是在营地里看的。还赶上了一九九四年的世界杯，这个热闹。阿桂还在餐厅门脸上刷了副对联：眼不见心不乱抛项目于九霄云外；酒要足饭要饱置佳肴在四号营中。横批：咱是老大。这四号营地是项目总部所在，一同生活和工作的还有几个从清华重金聘请来的老教授。阿桂的黑管儿一改原来的演奏对象，吹出的调子，也一改风流，成了老头子们的催眠曲。女人，女人。大家终于还是意识到，没有女人不好活。电视越看越浮躁，啤酒越喝越难耐。喝急了，阿桂张口就骂：

什么他妈个鬼地方，女人的影子都见不到，连他妈空姐都是男的。阿桂真急了。有一回，他到省城办完事不回来，愣把汽车停女子学校门前，等着人家放学。哪晓得姑娘们个个都是这边刚掀开校门帘，那边黑头巾就拉下来了，啥也见不着。斋月里，工地没了工人，得歇个把月。阿桂实在憋不住了，自己掏腰包飞了趟尼泊尔。回来时看上去精神和肉体都恢复得不错。还给大伙儿带回来老厚一本画书，告说这才是唐僧该取的西天真经。再一看，原来是《春宫图解集》。结果是老教授先抢了去，看了半个月才还回来。

跟阿桂共事时间长了，忒了解他。你跟他胡侃啥都行，就是别提公事。不仅是公事，私事也不能求他办。尤其是，如果托他带东西回国，那，非叫你妻离子散不可。

大　忌

头一回，阿桂是从太平洋上那个地盘替人往回捎东西。对阿桂来说，这海岛除了台风，简直就是他的帝国，他就是皇帝，酒吧、制衣厂、老虎机房就是他的三宫六院。偶尔心血来潮也回趟办公室，翻翻奏折，问问朝政，令到他乐不思蜀，流连忘返。当年外事有条例，公干两年算一期。一期能得四大件，出国都为这目的。可阿桂一连干两期，给假他都不回去。新来的领导特着急，阿桂不走，就安排不了自己那小蜜。于是他假意跟阿桂续合同，一边又派他回国订机具。临走托阿桂给公司带封信，千叮万嘱要他早点回工地。阿桂信以为真是美差，四年多不探探老母也实在说不过去。于是他欣然轻装奔机场，除了那支黑管儿，衣服、私信、存折、影集，等等等等，全都还锁在房间里。这一去，阿桂决没想到中了奸计。坏就坏在他还是模是样把那信，亲手交给公司总经理。结果没等他探完老母要回城，公司就通知他继续休假，开学时直接去天津大学报到，进修"国际工程招投标"。从此，阿桂除了台风，又多了人生一大忌，那就是哪怕天打五雷轰，决不再帮任何人带东西。

第二回，是在老巴。阿桂早就想脱离巴基斯坦，正好又收到天津妹的分手信。信中大意是，承认虽然作这决定她很痛苦，但明知将长年天各一方，如果仍信守当初热恋时的誓言，毕竟是跟自己的青春和体欲过不去。阿桂心花怒放，表面却强装痛苦不堪。工地本来就没他什么事儿，可他仍憋在屋里三天不出来，好像受了多么大的刺激！只有我单独提着啤酒去看望他，他才忍不住一脸堆笑说真话：这信是双喜临门，双喜临门。一来经过一年多的笔墨心机，那该死的包袱终于完全卸下；二来这也是急请回国的救命稻草。阿猪，那么，拜托你了。他冲我耸耸肩膀，我"如实"汇报上级，阿桂得以回国省亲。麻烦的是中间冒出个项目组里的会计，非要托阿桂给他的大情人带件皮衣（老巴出好皮，据称所有世界杯赛用的足球都是老巴童工的杰作）。咱俩谁跟谁呀，是吧，给情人带皮衣，这事儿还就托你最合适，是吧？再说了，上次连你那本西天真经，都当技术参考资料给你报销了，是吧？阿桂猛一下没反应过来，我明知不妙也没来得及劝阻，那皮衣就打进了阿桂的行装里。果然如我所料，阿桂绕了大半个中国，最后顺手把那皮衣扔给公司财务部，转身回乡探母去了。财务部热心的姑娘看也没看，当天就把皮衣送到会计的老婆手上。那黄脸婆以为自己的男人忒实在，平时老没信儿，冷不丁地还知道捎回件皮衣来。为了张扬这脸面，当着财务部姑娘的面即刻就试。这一试，坏了！也太粗心了吧，这哪儿是我的尺寸？分明是，哟，这口袋里还有封信。后来，我知道这个家散了。

阿桂第三回替人从国外带东西时，我已离开公司。只知道是另一个驻外经理，托他带满一信封的美金。可当着阿桂的面也没说是钱，更没点数。好，到了家里一数，整少一千大钞。两口子国际长途打了几千块也没吵清楚。公司里上上下下，凡是沾过那信封的，很久都脱不了干系，惟独问到远游回来的阿桂，他若无其事，只淡淡一句：怎么？托我带的那是钱吗？后来。我知道这个家也散了。还有，原先那位设计阿桂的经理，如今不但小蜜跟人跑了，连老婆也跟人跑了。

后记：阿桂还是从前的阿桂，只是如今人到中年，挡不住的酒肚子挺身而出，前额的头发也已日渐稀疏。几个月前，忽然收到他从柬埔寨来的 E-MAIL，信中口气好比复辟的皇帝。说金边才是玉腿如林的世界，因为男人都让波尔布特杀光了。

阿桂报账

公司新调来一位年轻的总经理，姓韦。沾这姓氏的光，韦总四十刚出头，已经混了个正厅级。他随团曾经风风光光地去过三次曼谷，却没敢逛一回窑子。干这种事怎么好冒险去求外办借来的翻译？而他自己，别说英语，连普通话都讲不完整。国际公司毕竟是人才济济，端茶倒水的都能瞎掰几句外国语，可韦总到任才半月，却忽然相中阿桂，提拔他做了总秘。阿桂于是每天都必须早起，第一件事就是开着大"林肯"接韦总上班。大家在背后说，这阿桂，如此沦落，成了司机。没多久，韦总开了个清单，照例要视察公司前沿。三月去越、柬、缅，五月去美利坚，还有非洲、老巴、俄罗斯，全部走完需要大半年。出发前的阿桂神气活现，工程部催报告，财务部赶换钱。领带打得笔直，头型梳得溜圆。再没人提沦落的事，个个都看着他红眼。因为此一行韦总自任视察团团长，而阿桂是唯一的随员。

风光了大半年的阿桂，没曾想报账时遇到了麻烦。财务部那出了名的死心眼儿傻大姐，这会儿追着他清还差旅费，却不肯核销他钉在报销单上的那些白条。阿桂去找韦总："伟"哥，呵呵。哎！在办公室别这么叫。再说了，这几个月下来，谁是"伟"哥我还不清楚吗？哎，不要谦虚嘛，哈哈。拿着都有韦总签字的白条，阿桂本想这傻大姐就算是要打狗，怎么也该看看主人吧。可是，嘿！那叠单据还是照样被拒收！这是国家订的财务制度，报销要原始单据。你们付账时为什么不管人家要发票？傻大姐一板一眼。嘿！你没病吧？连韦总的签字都不认，要发票？你以为咱公司牛×，前沿都设在发达国家啊？就是发达国家也没听说过给小费还管人家开发票的呀？你以为在中国啊？什么发票都开得出来，什么发票都敢开。阿桂顺手指着其中一张埃塞俄比亚的白条说：就说这搬运费吧。一出机场行李就让老黑一窝蜂地给抢走了，你以为是我叫搬的吗？其实只十三点三八米就上"的士"了，一看件数没少，得，赶紧给钱吧！还敢管人要发票？我有病啊？而且，这些白条也不符合公司的规定。除了经手人，还要两个证明人的签字才行。傻大姐并不买账。嘛玩意儿？只两个人出差，上哪儿整个第三者啊？阿桂于是把那叠报销单往抽屉里一扔。靠，皇帝不急，我一个太监急什么？你个傻大姐，别催我还钱就是了。还是傻大姐急，这阿桂的私人借款长期挂在公司和外汇管理局的账上毕竟不符合财务及外汇管理制度。可每次傻大姐去找阿桂，扔给她的还是那叠满是白条的报销单。终于，傻大姐做出了让步：阿桂，是老同事我才这么提示你，就不能去找些随便什么发票来吗？你不是说中国什么发票都开得出来吗？哪怕，在路上捡的，也行啊！傻大姐，这可是你说的？阿桂笑了。一转身，阿桂打发哥儿们姐儿们都去帮他捡发票，这事儿立刻就被当做笑话在公司上下传开了。

财务部经理外号叫老滑头，恼羞成怒把傻大姐关在办公室里好一顿臭骂。其实这老滑头是幕后，想借这白条把问题闹大，拿新来的总经理一把。他是前任老总裁培的红人。眼看就要再受提拔，坐总经济师的交椅了。可韦总一上来把这事给压下了。为此，他心存不满。阿桂报销受阻，韦总当然清楚是老滑头使的坏，只是找不到机会出手。所以平时工作中，彼此间虽心照不宣，仍礼尚往来。这傻大姐叫阿桂捡发票的笑话闹了没三天，韦总就召开公司办公会。会上他阴阴冷笑：难怪国际公司的财务状况如此糟糕，去年的报表到现在还没见完成。原来财务部的名堂还真不少，连捡发票的点子都想得出来，韦总又列了一个清单，公司成文，盖章下发：

聘阿桂同志为公司总经理办公室副主任（副处级）；

韦总原来的部下黄科长调国际公司，聘为财务部经理（副处级）；

老滑头调离公司财务部，改聘为下属企业马山县大理石板材厂第四副厂长（保留副处级）。

同事写真·阿达

一

在公司做了十来年，宋领导一直是我的顶头上司。还没见过阿达呢，就常听宋领导背后摆他的一二三。当中重复得多的，我都能背：阿达是个人物。当年有人推荐，要他跟我去非洲管账当会计。上了飞机我奇怪他怎么在看一本《会计入门》？追问之下，小子才承认从来没做过账！就这样，阿达背了一摞财务会计教科书，上了飞机才从零开始学，却硬是把经理部的财务给拿起来，报表从来没耽误过。而且，那账里的单据大半还是法文。我瞎想：那有什么了不起，阿达他老爸该是个人物才对。早听说别的公司有高干的儿子理发师，摇身就成了派驻科威特的项目经理总管事，还真没想到，能有机会与如此耳熟的阿达一起共事。

那是宋领导又去美国，要带两个随从。一个是我，另一个就是阿达。是宋领导亲自到阿达的单位去磨，把他借来当副手，还管财务。记得在飞机上，阿达与宋领导回首当年，谈笑风生。而我却印象太深阿达背后得到领导那样的夸赞，于是故作张扬，抬手一旁，研读《哈佛学不到》。因为，在美国，我的工作将是开店卖货，自己以前也从未染指，当然希望日后领导提起我，也先来一段：就这样，阿猪揣了一本《哈佛学不到》，上了飞机才从零开始。

慢慢地，我了解了，阿达还真是个人物。老爸因为是走资派，阿达初中才读到二年级，就索性下乡去了。当了八年知青，是真正的老知青。后来好不容易抽上来，进了县里的农机厂。一九七七年，他高考高中，却只报了个农机系。大学毕业，老爸也官复原职了，上面照顾他去机械研究所，可他不服从分配，去了当学生时实习的厂子，继续他的技术革新。上面又照顾，把他调到市里工业局的技术改造办，他噌地一下，又跳出来，干脆跟几个哥们儿开店办企业。凑了有几百元钱，阿达教大伙儿做明信片去大学摆摊儿，就这么起的家。从彩照冲印到胶卷相机，从第一营业部到第八营业部，慢慢做大，一发不可收拾。办起了纸品厂，生产卫生巾餐巾纸，居然也远销亚非拉美。公司发了，阿达做过副老总，去过德国、日本、不列颠、泰国、香港、马来西亚，新到的设备他亲自安装调试，厂里出了技术问题他亲自组织攻关。可搞不清楚他怎么就没闹点儿哪怕是干股？到了让哥儿们给涮出了公司。个人所得：两千人民币。气得他老婆大骂他是个窝囊废，要跟他离婚。

二

我的店开在下面，经理部的人，见得多的就是阿达。陪宋领导来，他就是随从；宋领导不来，他就是领导，口气比宋领导还大。下面的人因此都怕他，我就更不用说了。他不但要指导我如何做会计账目，检查我的销售与库存，帮助我制定经营计划，关键的关键，他还管着我的个人收入核算。每次拿工资单来叫我签收，可连钱毛也见不着一根儿。那时候，驻外公司严格规定，个人收入到期回国才能发给美元现钞。倒是有一条，阿达得有求于我。他每次来，都借口着急英文进步慢，拉上我去夜总会找小姐练口语。往那儿一坐，昏暗之中，宋领导说的，他看上去整个儿一泰国嫖客。阿达在宋领导身边自然不方便泡夜总会，跟了公司的翻译，又常被嘲笑老犯低级错误。惟独跟着我，他笑言：也在提高的过程当中，所以彼此彼此。就这样，阿达的口语进步很快，尤其是当有小姐坐过来，他手口不停，感觉比我进步还快。我笑问是否先前那法语也是如此这般学成的，他连忙摆手：那是非洲穆斯林国家，哪儿有什么夜总会呀！只在回国经巴黎时，大使馆例行公事，派车拉我们溜了一趟森林街、红磨房，开开眼界。

管理上，因为有了阿达，宋领导的确省心多了。他点子来得快，又会理财，嘴巴也很厉害。等他张罗得见眉目了，宋领导再来敲槌定音也不迟。就连每年的工作报告，也是阿达草就，宋领导略加圈改，上交国内。阿达很能动手，不单在小姐身上，装发电机，造抽水塔，菜地里的喷淋管，都是他的活儿。他还做得一手好菜。经理部四五个人，有了阿达，连厨师也不用请了。他的老本行是农机，如今车子坏了也都是先过他的手。有一回，雪佛兰自动波穿缸，他钻到车子底下摆弄了大半天。车子点着火，就叫宋领导给开走了，地下还摊着大半张报纸的零件。就见阿达靠着墙根儿直挠脑袋，不明白，剩下的这些东东该是装在哪儿的？

　　商店见效益了，公司又叫我捎带着再开一餐馆儿，也不知怎么就乐坏了阿达。他催我交方案报告，等不及了干脆自己写。多少张桌子，多少把椅子，多少套碗筷，多少口锅，最后是，多少小姐。宋领导明白他用心良苦：怎么要六个小姐？开妓院啊？最多报四个，预备着总公司再砍一个，三个就够了。美差果然让阿达抢到，回国组货，顺便招小姐。国内果然砍掉一个，只来了三个小姐。阿达招小姐，当然首选阿兰小姐。可时过境迁。以前在搞彩照冲印的时候曾跟他眉来眼去的阿兰小姐，这会儿已经是他从前的哥们儿、现在的集团公司老总的小蜜了。阿达不甘心，三寸不烂之舌，阿兰小姐也受不了出国的诱惑，进了阿达的录取名单。费尽心机把个阿兰小姐办了来，却没想到是给翻译阿桂端去一盘好菜。没俩月呢，阿桂说了：阿兰？够豪放。阿兰小姐说了：阿达？想得美。阿达：阿桂？王八蛋！

　　宋领导要回国了，阿达很难做出选择。公司没叫他当领导，明显是宋领导的意思。可换了新领导，他也知道自己难混事儿。况且，宋领导决定将大笔的钱，带回总公司好交差，换谁当领导也难为无米之炊。因此，阿达在宋领导之后三个月，也悄没声儿地走了。

回国后，本来已正式调进公司的阿达，却又辞职不干了。投靠他当年的插友，套牢了一大笔国家扶贫的资金，回去农村，圈地，办农场去了。要问谁是新农民？阿达他们才是新农民。我回国时，阿达开车带我去了趟他们的农场，滔滔不绝地向我讲述他们如何的农民。讲他们的甘蔗亩产量，讲他们的果树新品种，讲他们农忙时在田边地头炒股票，讲他们农闲时拉上农场职工，浩浩荡荡，北上哈尔滨看冰灯。当然还讲了他在农场里搞上的女人：卷起袖子是厨子，穿上裙子是马子，挑着担子是姑子，脱掉裤子是婊子。算算又快八年了，不知阿达今在何方？

同事写真·阿刚

阿刚是清华学建筑的。毕业的时候，班里出国的出国，考研的考研，剩下就没几个了。又还有北京的大到像国务院这样的单位到清华要人，去建设部报到的就已经是最没出息的了。可我们这位阿刚，身高一米八，浓眉大眼，一表人才，又是班长又是党员的，却偏偏打起箱包，回了老少边。

你有所不知：阿刚是吃了定心丸了的。此去，通往迈阿密别墅的道路已经铺平。他女友的老爸，新近做了国际公司的第一把交椅，正密锣紧鼓地，要在佛罗里达投他个几百万美元。阿刚不报到，先遣团的名单，就不上报。

阿刚跟我，几乎是同时进公司的。可我还没搞清这同一屋里办公的都谁跟谁呢，公司内外，上上下下这些人事人际关系，他已了如指掌。就见他很少在办公室住脚，进进出出，也都是风风火火的。捞不上跟他说上两句话呢，已经就不耐烦了。从他脸上，分明可以读出：

你？跟你说也是白搭。噌，噌，噌，就又上楼去了。老总的办公室，在楼上右手边第二间，我就知道这个，但没进去过。

唉，可怜。自以为饱经风霜，老资格了。可到了这国际公司，还就得看人刚毕业的毛头小伙子上窜下跳。怀才不遇，怨天尤人，当时对阿刚这样的角色，我很有看法。

没想到，第一次正脸看阿刚，我对他的看法，立马改变。

那是办公室里的一位副经理，一上来就冲我施威，拿我当他的私人内勤使唤。一会儿这一会儿那的，支得我团团转。连给他自己的朋友送挂历，都支着我去给送。整日的，我骑着自行车大街小巷满处跑，可办公室的摩托车停在车棚里，钥匙他拿着，就是不让碰。

你自己去一趟不行吗？干嘛老这么拿阿猪当跑腿儿？要跑也是摩托方便呀，你攥着车钥匙算哪门子事儿啊？我一看，是阿刚在替我出头，打抱不平。那副经理，平时横乎，可这会儿，在阿刚面前，倒显得底气不足。

去美国的先遣团，名单就要敲定了。嘿嘿，有阿刚，怕是还有我。之所以这么想，是因为，凡是到了为这项目要开会，我也有份儿。总经理办公室都去了好几趟了。可是的可是，到了最后那几天，忽然就又没我了。没搞懂。

临走，连阿刚也觉得我无辜：这老头子，我看也是昏了头了。那天回家说省里有位老干部跟他提名自己的儿子，我当时坚决反对。这阿刚，挺够朋友，一五一十地跟我摆，可还没听完，我就明白自己是为什么给刷下来的了。你道他跟他老丈人说的啥？他说：论技术，能力，经验，外语，这老干部的儿子，哪点比得上阿猪？不就是一个刚从学校出来的毛头小伙子吗？嗨，这事儿整的。

先遣团去过美国，又回来了。阿刚此番更是忙得面都见不着，因为公司老总，他如今的老丈人，正张罗着，办他的L签证呢。这次，连老总的女儿，他的新婚太太，也跟着一块儿走。原来几百万的投资，改成几千万了。

自然的，就有人，把这事儿整进了省里的大参考。省委组织部一声令下：国际公司总经理董事长之子女，在其任期内，不得以任何理由公派出国。还来人调查，好嘛，调查结果走露了风声，我才知道：他姥姥的，这国际公司，正式职工八十，居然厅局以上干部子女有二十八个半！排着队等出国呢。不止之风，不止之风啊。

我抓住阿刚问话，怎么忽然美国方面就再没他什么事儿了？他没好气地说：我就是那半个布尔什维克！操！那，那另外那个老干部的儿子呢？他？他留美了，正读书呢，不回来了。这个项目，反正公司也不打算再继续进行了。之前投进去的几十万美金，他代管了。

很快，阿刚他老丈人给国内另一国际公司总经理递了个条子，把阿刚调出省了。从那家国际公司，阿刚公派，去了波兰。

同事写真·阿兰小姐

DC，DC

华盛顿 DC，那地方根本就是一个大坟场！

左一个右一个的，到处是 MEMORIAL。林肯 ME-MORIAL，华盛顿 MEMORIAL，罗斯福 MEMORIAL，越战韩战 MEMORIAL，简直，似乎，好像，就剩下白宫是活的了，还起居过几十个已经死去的美国总统！

难怪樱花谢得这么迅速，因为四周笼罩着的气氛太离谱，太恐怖。难怪美国人如此的草木皆兵，进所有的楼堂馆所，游人都要过安检才能放行。这哪里是在"美丽间"度假？仿佛身处约旦河西岸，加沙！

一桥之隔，东岸是 DC，西岸，就是弗吉尼亚。跟旅游团来华盛顿玩的，结果吃在弗吉尼亚州住在马里兰州。大轿车每天拉着转，上车睡觉，下车尿尿，究竟玩了哪哪哪儿？全不知道。等彻底把你转晕乎了，也就结束了。

好在一路上有阿兰小姐！

一听说导游是老乡，阿兰小姐立马扑将上去纠缠，三下五除二，导游成了我们的特邀，一路鞍前马后，不辞辛劳。吃饭时邻桌是李昌钰，她东拉西扯跟人攀亲戚，弄得神探搞不清我们究竟是他的扇子？还是要在暗杀之都送他下地狱？就连罗斯福在轮椅上的那尊挺不情愿的铜像也不放过。但见她一屁股扭上去，往大腿上这么一坐，搂着总统僵硬的脖子，阿兰小姐说：亲爱的，这一切，都不是我的错！

纽约，纽约

曼哈顿西南角的林阴道上，对岸是新泽西州的泽西城。寥寥楼宇数座，仿佛是凑不上曼哈顿的热闹而立在一边的旁观者，冷眼帝国的兴衰。世贸双塔还在时，它们毕恭毕敬，双塔塌了，它们暗自庆幸：树大招风，树大招风！

令人耳朵起茧的、百闻终得一见的自由女神，失去了双塔的辉映，风尘之中，居然一下子无法找到她的方位。远远的，漠漠的，竟是那么的渺小。不同肤色，不同种族的人，每天成千上万，排着队，不到长城非好汉，不见女神未自由。可我却找不到那种感觉。在我心中，更震撼的，更具象征意义的，是当年那位中国的边防检查。那呆滞的目光，冷峻的脸，死盯着我。而我之所见，却是无比热情洋溢的笑脸，亲切，慈祥。盖到我护照上的那一声很平常的印戳，我听着却如雷贯耳，四周轰鸣，分明是：WELCOME TO THE WORLD! WELCOME TO THE WORLD! WELCOME TO THE WORLD! 等回过神来，这边，自由女神已经远去，我们的船，已靠岸曼哈顿。

阿兰小姐住在纽约。这次我们几个当年一起开餐厅的同事，聚一块度假，也是从纽约开始。上帝国大厦要花四个小时，一边等，我们一边听阿兰小姐讲她的纽约故事。

那一年，阿兰小姐只身来到纽约，先就住到世贸双塔这边，每天架上蛤蟆镜，穿上超短裙，在海边遛狗。还真就勾上一个台湾阔少。阔少遛到手，赶紧得搬家，贴着世贸住，楼高，代价也高。可小两口不前也不后的，乔迁吉日，挑来挑去，居然挑的是"9·11"。

那一天，阿兰小姐带着狗先下楼下地铁，热火朝天的恐怖袭击她全然不知。等从地铁上来，居然还冲过来一老墨，趁乱抢了她的包儿。阿兰小姐叫天不应，叫地不灵。一问，警察都救人去了，才知道出了大事。再说阔少，给从床上震起来，目瞪口呆地立在窗前，看着对面楼的大火、浓烟，和从双塔上往下跳的小人儿，似梦，似幻，似假，似真。直到消防队员爬上楼来砸他的门。

世贸楼塌了，附近全封了。两个月后，纽约市政府批准阿兰小姐重返她的公寓，继续搬她的家。房间的玻璃全碎了，所有的东西，被埋在厚厚的尘硝之中。

说起这遛狗，阿兰小姐还有一推荐：那天走到曼哈顿中央公园东边，大约五十几街的地方，阿兰小姐把我的女儿叫到身边：瞧见这儿的环境了？记住！以后遛狗，钓金龟婿，你呀，哪儿也别去。"9·11"以后，双塔那边冷清了，这儿依旧很火。

同事之中，除了阿兰小姐，阿达的家如今也在纽约。说起来，她俩真是有缘。

阿达当年下海办企业的时候，招的首批职员，只两个女孩，其中之一，就是阿兰小姐。多年以后，我们在太平洋罗塔岛上开餐厅，阿达回国选端盘子的，挑来挑去，仍旧挑的是阿兰小姐。真巧，阿达来美国后，曼哈顿当街遇见的第一个老乡，还是阿兰小姐。

那日，要不是阿兰小姐为了买束花提前从银行溜出来，要不是多走了一个路口想买个冰激凌，要不是走到了又决定不吃了这么一转身，根本就不会两个人愣在那里，隔老远互相盯着傻看了半天，然后冲上去，大马路上，抱在一起。

当然，也就不会有我们这次的 RE－UNION！

阿兰小姐

十四年前，我当经理，在太平洋只有两千人口的罗塔岛上，办了一间小小的中国餐厅。阿兰小姐是女招待之一。

那餐厅，仅维持了十个月。所以，我和阿兰小姐，也只短暂地做了一回同事。那餐厅时日虽短，却由于朝夕相处，发生了太多的事情，使每个人直到如今都有挥之不去的餐厅情结。这次在纽约，难得当年餐厅的七个人，聚齐了五个。所以无论走到哪里，人们都会以为这是一群疯子。旁若无人，好像这世界，他们是主宰。

要说阿兰小姐，先得说她的美貌。天生丽质难自弃，因此几十年不变，还那么的姑娘。难怪餐厅刚开业不久，就已经被鬼子看上，整天骑着摩托疯追，跟狗仔队似的，躲都躲不掉。

再就是阿兰小姐与众不同的追求，什么都要与众不同。跟她说个事，以为她理解了会照着做的，可做出来，就是别有她自己的创意。对工作，对人生，她不要按照别人的想法，而总是有她自己的思路。

餐厅够小的了，可为了阿兰小姐鲜明的个性，我又在餐厅里开了一间礼品店，就交给她管，还挂起了牌子，名字就叫——阿兰礼品店。教给她怎样包饺子，结果她包出彩了，包上瘾了，非要打上价钱卖她包的饺子。果然大受欢迎。就连大师傅教她做小炒，她再做出来就完全不是那道菜。自己添点这个，加点那个的，指望着能锦上添花。

性格上，阿兰小姐是一个坚强，行侠仗义，吃软不吃硬，并且，决不服输的人。她谦爽的笑声，往往掩盖着奋发图强的信念；她谨慎的言谈，往往预示着惊人之举；从她的脸上，永远别想看到悲伤和沮丧。

阿兰小姐走到今天，成了曼哈顿的银行信贷经理，的确很不容易。当年餐厅散伙后，更多的人打道回府了，她却以那小岛为起点，另辟生路。其中的故事更加字字血、声声泪。因我从她那里，没有拿到版权，所以不敢在此接着胡吹，只得打住。

谨祝阿兰小姐在纽约法拉盛，生活愉快！

同事写真·纳迪姆和鲁扎克

先认识的纳迪姆

从项目上第一次到卡拉奇办事，第一回自己叫的士，司机就是纳迪姆。他一脸胡子，身着穆斯林长袍，却说得一口流利的英语，给我一种很奇怪的感觉。那天，他既是司机，又还主动帮我做翻译。我于是决定在之后的几天里，将他的车包下来。第二天，他开车子一早来接我，人却像换了一个人。胡子刮得很干净，穿的是西式衬衫长裤。除了脸仍旧很黑，看上去很年轻，十分潇洒，使人想起电影《流浪者》里的那个拉兹。纳迪姆那时才二十二岁，可已经经历了一次失败的创业：他念过两年大学商科，然后借了一大笔钱，自己开了间粮食采购站，想着会因此发大财。结果才没过一年，生意就破产了，只好开出租车慢慢还债。他跟我说这些，不知是否为了博得我的同情。因为在老巴眼里，中国工程师个个都是大款。项目正好需要跟当地族人毫无牵连的老巴雇员，我们称之为"以巴制巴"。纳迪姆运气好，真成了我的司机，跟着我回到项目。对他来说，就算是在外企谋到高薪职位了。我给纳迪姆封了个办公室主任的头衔，还在中国工程师的院子里给他单独安排了一间房子住，这待遇就比工地的老巴工头要高多了。他于是任劳任怨，尽心竭力地为我们办事，给我们出主意，帮助我们对付各种复杂的情形，以至于大家出门不管干什么都争先带上他。当时，在各中国公司的营地里，都会有几个像纳迪姆这样的老巴雇员。他们中有很多人曾到过中国留学，会说汉语。我们项目下属分包由于在巴基斯坦的历史悠久，公司里的老巴竟操一口的山东口音。

鲁扎克来了

没多久，公司卡拉奇办事处又推荐来一个老巴，也是卡拉奇人，叫鲁扎克。这家伙人很精神，三十来岁，干瘦干瘦的，留小胡子，穿西装，英语也讲得很好。一见面就夸中国工程师如何如何好，令他久仰；中国的毛泽东、周恩来如何如何好，令他五体投地。他说他当过兵，曾经是个中尉，受过伤，还在领伤残军人侍奉。他说他不信奉伊斯兰教，是一个完全的社会主义分子，读的是"毛选"。他还说他赞成一夫一妻制，至今仍信守着白头到老的誓言，好嘛，这下轮到我们这些中国的工程师好奇这个社会主义分子了。他走路来去如风，对不听从指挥的民工毫不留情，甚至亮出中尉的资格指挥保护我们的民兵。鲁扎克比纳迪姆可能咋呼。被安排跟纳迪姆住一屋，他们刚开始的时候情况很好。原来纳迪姆是自己走去工头那儿吃饭的，现在鲁扎克来了，每天便有小工乖乖地送饭过来，伺候他们吃完后又收拾好端回去。纳迪姆我们照着文官的发展培养，鲁扎克嘛，就让他充当一名武将。这样的搭配的确有利于项目的实施。去税局、县政府、水利部，就带纳迪姆；去工地、材料市场、菜市场就带鲁扎克。有一次，贪得无厌的一伙民工，为了要求涨工资，居然占领了工地，不让其他的工人上工。我们正没有什么好招应付呢，鲁扎克不知从哪儿叫来一队警察，把闹事的人抓起来关了一个晚上监狱。最后是我后半夜里拉上纳迪姆跑去几十里外的警察局求情，就地将那伙人遣散才算了结。中国公司在老巴做工程的不少，经常是今天这个工地刚炒掉的民工，明天就出现在另一工地。这里闹完事，又到那里去闹。同一伙人，一样的手法：开始表现不错，一旦控制了工地就要求涨工资，不答应就封工地，闹事。这次在我们这里碰上鲁扎克，算他们倒霉。

他们俩和不来

要说私人交情，纳迪姆更听我的话，毕竟是我把他栽培了一下，跟着中国工程师做事，他学到的东西太多了，钱还没少拿。

记不得他家里有个啥事，批了他三天假，回来的时候他送给我一件穆斯林长袍，粉红色的，我穿着长袍到工地走了一圈，结果民工的劳动热情高涨了一个星期。
纳迪姆总是最先向我汇报情况，只要我叫他到此为止，
他出去就跟谁也不会再提起。那天，他忽然悄悄地跟我
说：他发现鲁扎克偷着在房间里喝酒！这可是犯了大
忌，老巴是法令禁酒的，不管你是不是穆斯林。纳迪姆
还告诉我说：鲁扎克开着中国公司的吉普，当街撞倒了
一个孩子，不但没给钱，还骂了那家人一顿然后扬长而
去！更还有人向他密报鲁扎克带中国工程师去买东西，
转过脸管卖主要回扣！他的神情很平静，不像是对异教
徒的愤怒所驱使，倒像是因为担心鲁扎克知道了会报复
而隐瞒了很久似的。我告诉他这事可别再跟任何人说，
可自己也不知道该怎么办才好。鲁扎克的确很卖力，几
件大事如果没有他，光靠纳迪姆还真镇不住。就是因了
他那副横乎横乎的样子，走到哪儿都容易得罪人。我们
开始留神鲁扎克了，对他多加了一些限制，结果就发生
了他们俩吵架的事。纳迪姆说他再不能跟鲁扎克住在一
起了，鲁扎克则一再向我们表示他的忠心，发誓他绝不
会做出对不起中国工程师的事来，他甚至愿意为我们拼
上他的生命，说着说着，这家伙哗地一下，从怀里掏出
一把短枪来：瞧，我成天带着这家伙，就是为了保护你
们。谁要想伤害中国工程师，先得从我尸体上过！看他
挥舞着枪，眼中闪着泪，我们再一次被感动。那以后，
纳迪姆被派到项目下属分包单位去了。鲁扎克后来因为
翻车受伤，也回卡拉奇了。过了年，我去了一趟鲁扎克
的家去看望他。那天，我按着地址，打完的士打摩托，
在卡拉奇窄小的街区里串了老半天，才远远看见鲁扎克

精神抖擞地迎过来。我们像重逢的战友那样互相拥抱。他伤还没全好，一拐一拐的，带着我把他家左邻右舍走了个遍。有中国工程师来看望他，那确是值得炫耀的。他把我介绍给身边的人，我们一起坐下喝奶茶，最后他依依不舍地，踮着脚把我送上大街打的士，那张社会主义分子的笑脸，至今依稀难忘。

同事写真·王先生

百万庄，是北京城的一个大地名儿。可百万庄旅社，缩在建设部院儿内的角落里，并不好找。我就是在那儿认识的王先生。同一间地下一层的客房里住着，几个月后，王先生和我成了铁哥们儿。得，这会儿还需声明一下，是不带倾向的那种。嗯，越描越黑！王先生从广州来，跟我一样，是公司招聘来的。在改革的大潮中，王先生比我走得远，体会也更多。虽然都是从老少边流亡到中心都市受聘做打工仔的，可我是停薪留职来的，王先生却是完全断了后路，辞职退房，把档案挂在人才中心，南下广州的。我是一个人来，老婆还在老家吃大锅饭，玩一家两制。可王先生却是几年前带着老婆孩子一块儿下广州的。如今老婆也在工厂里打工，孩子则高价送进了幼儿园。而王先生自己，两次失业。在来北京之前，已经几个月没找到工作了。看王先生的样子，绝不会想到是一个如此果断的人。脸上架着一副带圈圈的眼镜，骨瘦如柴，每时每刻都在大口大口地吸烟。问起王先生的过去，更不敢相信他会投身打工潮，今天打东家，明天打西家。拖儿带女，流落天涯。王先生是大学里的讲师，擦黑板擦了八年。他著的书，如果订在一起，都能把他自己给砸死。许多他的学生，如今都做了大官儿。他孩子在广州能进幼儿园，就是走的他学生的后门儿。在百万庄旅社住着，和王先生天天遛到邻街下回民馆子。共同语言之多，常常一盘小菜一壶酒，一聊到打烊。不愿意回那又暗又冷的地下室，建设部院内的桌球厅成了我们的老地方，那球，怎么不进袋怎么打，就为了耗时间。更邪的是俩老头子了，偏偏喜欢凑 JJ 迪斯科的热闹。在楼上找个座儿，看少男少女疯狂。那百万庄旅社，怕是"文化大革命"留下的后遗症，一向不给住客留门。夜里过了十点，大门紧锁，怎么砸也没人给开。记得为此我和王先生很伤脑筋。俩夜猫子，十点就给关一屋里，怕出问题。王先生围着旅社研究了好几天，终于发现从地下室的高窗爬出去，是一个很高的挡墙，翻上挡墙，是另一个单位的院子。再翻出那院的墙，就算进了北京城了。记得那夜我们挨过十二点才开始爬窗翻墙，出去探路。没想到那墙太高，上去容易下来难。等我们从北京城原路又摸回旅社的窗前时，发现根本下不去，缺根绳子，这哪像旅社？跟牢房似的，还得偷着爬出去给自己放风。王先生也爱唱歌，尤其是，也爱我爱唱的那些歌，难得。那年除夕的晚上，我们数了数，身上一共有四百来块人民币。匆忙计划，要到酒店吃自助，开开洋荤。然后就去王府井唱歌。俩人说好：异乡异客，豪迈一把。大过节的，不花得一个子儿不剩，就不回牢房。想花钱还不容易。从酒店出来，已经去了二百。赶无轨去王府井，到了那儿竟找不到卡拉 OK。大酒店里的歌厅有浓妆艳抹的小姐跟门口那儿把着，这点儿钱进不去；小酒店的歌厅早关门了。好不容易才在金鱼胡同一家粤菜馆的楼上，找到了一间卡拉 OK 小歌厅。这歌厅本来除夕晚上就不打算开的，楼下菜馆子也马上要关门了。可一听是从广州来的，老乡认老乡，开恩，亲自打开机器让我和王先生唱了一个晚上。老板先叫来一个小姐坐陪，等我们一拉开嗓子，本来要回家的小姐呼啦一下，都上来了。那晚唱得尽兴，俩老头子可算露了老脸，不亦乐乎。末了，那广东老板不但不肯收钱，还搭进去十好几瓶啤酒。唱完出来，有小姐扶着，我们人也醉了，心也醉了。下的士车时，夜半三更。俩外地人，手脚哆嗦，拼命把上下衣袋里所有的钱全掏出来，给那司机。吓得人家司机直解释：哥们儿，这可不是我要打劫你们啊。有一次，王先生收了一封老婆的来信。晚上喝酒的时候，老头子忽然哭起来。一问，原来先生的户口七整八整地，现在落在了东莞的一个小镇。而老婆孩子的户口，还都远在江西老家。先生来北京后，老婆自己上夜班，下了班还带着一个孩子。因为实在看不到这日子啥时候是个头，所以要打退堂鼓，带孩子回娘家。这就意味着，这个家要散了。先生一把鼻涕一把泪的，哭得我也很难过。那晚，先生真的醉了。王先生当年，在大学里教书，连七连八加在一起，一个月能收三四百块。可由于住房紧张，结婚多年也没能把乡下的老婆办到大学里去。夫妻两地分居，钱不见数。老婆娘家不乐意，老闹。先生毅然决然，辞职南下，维持住这个家，别的不说，先解决分居问题。这次受聘，公司本是广州的，可需要王先生在北京和我一起工作，也不知啥时候才能回去。所以，老问题又重来。其实，只要一家人的户口不能解决，这日子怎么过都隐藏着危机。可广州的户口不好进，需要挂靠一个国家单位不说，光公安局一个人头就管你要几万块。一下子，实在拿不出来这么些钱来呀。王先生有一个好老婆，也就跟她男人才发发牢骚。每回王先生真要做什么决定，她都支持。越是这样，王先生就越是觉得自己让老婆孩子跟着一块受累，对不住这个家。王先生在广州有过好几个家。每次换工作，就得搬家。所有的家当，除了书，就都是最基本的了。长年就住单间，一家三口睡一张单人床，旁边贴着摆两把椅子，王先生半个身子就睡在椅子上。因此，王先生练就了睡觉不带翻身的本事。在百万庄旅社的时候，每天起来，他的床几乎就跟没人睡过一样，和我的床形成鲜明对比。旅社的大妈来收拾屋子，半天没敢问：你俩是不是只睡一张床？王先生笑着说：哪儿的话，我们还没铁到那程度，是阿猪思想斗争太激烈。

阿猪情信拆封

序 确定关系之前

　　高中的那个班，我被分在第一排就坐。同桌是一位患过小儿麻痹症的瘸子，他那两根支在腋下的拐杖，特占地方。我因为是走后门转学，硬挤进这班里来的，所以只好受点儿委屈。

　　作为新同学，不了解新学校新班级的旧作风，我上来就给自己惹麻烦。从前初中的学校，从前的班，同学之间也分男女界限，但没这儿这么厉害。从前的学校，学习风气可比这儿强多了，没人会耻笑主动举手回答老师提问的同学。

　　结果，我不但经常不自觉地举手，还居然向坐在我后面一排的女同学借过半块儿橡皮，非常扎眼。有那捣蛋的，开始嘲讽，把我跟那女同学拴一块儿说：这俩猪！原来，这女同学跟我同姓。让大家老这么起哄，她也不好意思，我也不好意思。事情虽然很快过去，可打那之后，这女同学就在我脑子里留下了印象，常常不自觉的，在有她出现的时候，多瞅一眼。

阿猪的流云

　　她，确实是个活泼的女孩。班上女同学最疯，最闹的时候，她总是跟着瞎蹦得最欢的那一个。从没当过班干部，学习也一向不走脑，但班里女同学分出这一伙那一伙地搞不团结，伙伙都跟她特好。班主任女老师喜欢她，女班长女团支部书记的，都喜欢她。就连男同学，再坏，也从没人跟她使过坏。在我眼里，她就是那么一好人。

　　高中快毕业的时候，班上跟我最要好的一个男同学，我们常聊的话题也涉及到班上的女同学：咱从中挑三个，将来最值得交往、能做朋友、保持联系的，都谁？结果，我们俩挑的，除了她，都不一样。我还知道，他们两家的院子，只隔一条马路，他有时会翻墙头，趴那儿守着。等看她挎着书包从那院儿里出来了，才紧追几步，然后装做碰巧了，能跟她打个招呼点个头啥的。哼！潜在的情敌，近水楼台，我有时候会妒忌。

　　那时候，高中毕业，同学们除了几个要好的，说散就散了，男女之间更是互相没联系。除非若干时日之后，走哪儿碰上，没啥不好意思的了，告诉你，我在哪里。

　　真巧了。正着急不知她会天南海北地去了哪里？却得来全不费工夫：欢送我们去插队，单位动用了平时送演员演出的大车。跑着跑着，我看见了她。也是送下乡知青，她那车，南京小面包，新款，停在路边。看她们车跟我们同路，因此可以肯定，我们插在同一个县。等眼看快到地方了，又见她坐的小车超过来。两个车上的人互相挥手致意，她也挥手，跟我？但这次可以肯定，我俩插在同一个公社里了。

感觉好极了！尤其是到公社查知青名单，高中同班，就来了我们俩。开会或者赶集的，只要努力找找，就能找到她。这一集没有，下一集再来。虽然她跟着她队里的人，我跟着我队里的人。但见面打个招呼说个话，可以大大方方，不用不好意思。

我知道自己这就是喜欢上了。人丛中，她小鼻子小脸儿，那么一闪一闪地，每一个样子，简直就像是印在我脑子里了似的。她抬头看人时那轻轻一皱的眉；她低头微笑时那挂在嘴角的一弯酒窝；她眼睛里，随时流露出的那份天真和疑惑。星期日，到公社去排队买肉，看见她也在，我于是成了我们知青组管肉票的，一次比一次去得早，就等她。来了，我让她加塞儿，我愿意。

在老妈的资料室里，有一回，我忍不住将一期旧《大众电影》里一张电影《白毛女》的剧照偷偷剪下来。因为，那剧照，喜儿在深山，田华演的。雨点子打在身上脸上，电闪雷鸣之中一抬头，整个儿就是她！这张画我一直藏在枕头底下，每天晚上看不够。直到后来，我把这事跟插队的队友说了，那张画居然就被人从我枕头底下给偷走了。连我一个队里也有暗恋她的？癞蛤蟆想吃天鹅肉！

又有一回，正在大公路边劳动呢，忽然看得清清楚楚，就是她，坐在一辆运粮食的卡车里，回城。我心里一个冲动，丢下工具，抽起衣服，也拦了辆车。当天晚上，我踩着自行车，绕着她家那院儿乱转。等终于她回来了，迎头一看是我，挺奇怪的，挺大方的，就是看不出有多高兴。我，当时傻乎乎地，嘴边临时迸出来的借口居然是：队里批准我回来，找化肥，你看你，能不能，帮忙，哪怕，就，两袋尿素，也行！她没有请我进她家，在高中时那种很不好意思的样子又来了，好像我是那只，癞蛤蟆。

春节了，高中班的几个男同学找齐了，要去女同学家。我拉上一队人马就往她家跑，自行车后脚绊子在她家门前踢得噼啪作响。她挺奇怪的，挺大方的，看出来就是对我不高兴。寒暄之中，我看见茶几上有三张电影票，忽然就大着胆子问：什么电影？故事片《白毛女》，田华演的！当时我就急了，想起了被剪下来、被藏起来、又被偷走的那张剧照。豁出去了，当着众同学，我问她要票。出乎我的意料，她给了我那张电影票！

按捺不住激动的心情，我以一个天底下最幸福的人的身份，跟她去看了那场电影。她老妈坐在那边，她坐在中间。我的心，根本也不在这电影上。听见她感动于白毛女，听见她流泪，不敢碰她的手，就这么坐着，直到散场，没跟她说一句我想说的话。我想说，你长得很像田华，就因为这，我偷剪了我妈资料室的画报。可这话我根本说不出口，直到很久很久以后。

回到公社的集市，我们可以说的话越来越多。她好像也越来越不讨厌我了。因为是正好赶上要恢复高考，互相见面就问学习，别的，我仍旧不敢多说半句。到了这个时候，我喜欢她这事儿，好像全公社的知青都知道，就她自己不明白似的。怎么才能跟她把这事说破？我把脑袋都快想破了。

　　到了这个时候，男的大概都得干点儿傻事儿，我就是。既然在有第三者陪伴的条件下，可以跟她看电影。那，这第三者，为什么非得是她老妈？可是，这事儿，我跟身边的哥儿们挨个儿说，没人愿意当这个大灯泡儿。那天，好不容易，闹了三张电影厂参考片的票，并且在最后一分钟说服了一哥儿们。我们俩自行车踩得跟飞一样，满身大汗到她家。就在要敲门的时候，我伸手一摸，那该死的旧军装，口袋是漏的，我一着急，居然给忘了。那票，早没了。

　　如果是因为复习，我去她家就不会挨白眼。我把自己复习完的书，一本一本往她家送。两个人坐那儿聊学习，我是意不在酒。她呢，虽然应付她老妈的成分，比应付我的成分可能要大一点儿，但总觉得是在应付。

　　最最记得，我拿到了录取通知书，赶回城里的那一天。我兴致勃勃回到家，心里只装着一件事。只十分钟老爸就下班，等不急我骑上朋友的自行车，先冲去她那里。可是的可是，那天，从她家出来往回走的时候，我几乎要哭。

　　那天，她让我忽然觉得，我们互相之间其实并没有什么值得同庆的东西。我赶去将通知书亮在她家的饭桌上，简直是莫名其妙之举。我没有权利要求她为我而高兴，从我将踏入校门的那一天起，我需要面对的，是另一个人生。我和她从前的一切，都将只是历史。

　　那天，我对她说，我要走了。希望她能，如果不为难的话，给我一张她的照片，我带着走，珍藏，却被她拒绝了。

阿猪的流云

大学里，作为新生。我要面对新的环境，新的生活内容，新的同学和伙伴。但是，我带到大学里的，却还是那个老问题：怎么才能跟她说破？现在远隔千里了，连解决问题的方式都变了，变得要写信，白纸黑字地表达了。

我没有断过给她写信。把自己的想法告诉她，还经常把她的想法也替她写出来，然后问她是不是这样？为什么会是这样？绕来绕去的，那个问题始终说不破，一直这样又僵持了两年。

一九八〇年，大二完了的那个暑假，去见她的时候，一个非常简单的问题，是她忽然问我：你这猪，人家都说咱俩同姓，同姓是不行的。你说，行吗？

行！行！行！我当时一把将她搂在怀里，我们俩都哭了！这么些年说不破的，竟是这么简单的一个问题？我们早干吗去了？把互相都折腾成这样？我们又是哭，又是笑。两个人，就这样，把这情感的路，走到了新的起点了。她说得简单：定关系了，这就算。

因为关系还没定，怕家里看见以为关系都定了，所以定关系以前我写给她的信，她大部分都扔了。留下的，也是这儿剪剪那儿剪剪的，成了纸条儿了。只一封，还保存完整，呵呵！

每当我独自留守这个家，老婆出去的时候，我都会不自觉地，打开这包陈旧的、沉重的档案袋，里面，装着我们老两口儿当初的情信。二十多年来，无论走到哪里，都舍不得将它扔弃。搬了多少次家，换了多少个床头柜了，它永远是，在我们的床头柜里。所有这些情信，都是在我跟老婆定关系之后，在念大三大四的时间里，写下的。它不仅记录了我们的一段恋爱历程。同时，也记录了那个年代发生在我们身边的一些陈谷子烂芝麻的往事。每次，无论抓出哪封信来，我都会一下子被它带回到从前。随着年龄的增长，我开始意识到，这些信件，是我们的一笔难得的财富。因为出书篇幅所限，我只选择了若干封发表在这里。它将可以被视为一个很好的参照物，通过一个七八级一九八二年毕业的普普通通的工科大学生当年的情信，看这四分之一世纪以来，周围的一切，所发生的变化。觉的有一点：虽然环境变了，物质生活条件变了，但我们还是一如原来。思维方式、追求、做人的态度，都没有变。点点滴滴，简直一脉相承。很抱歉只贴出我写给她的信，而我老婆写给我的那另一半儿，从我的这一半里，已经可以八九不离十的读出来了。因此，就免了吧。

1979 年 2 月 13 日·信

另一头猪：

这第一句话我就不知如何下笔。我想说："近来学习好吗？"或者"祝你学习进步！"可是总觉得即使这样，也和以往不同了。

我 8 号离开南宁，想早到几天安静一下。到今天我们已经开始上课了。一切又和原先一样：宿舍、食堂、教室、图书馆、球场。同学之间，要不就漫不经心地过问别人的春节、电影、吃的，或是聊聊中越战争、台湾问题、苏联和美国；或是为知青问题而相互争吵。这一切在我看来已经是如此平常和枯燥。楼道里全是水，屋子里尽是灰。唯一的就是能在这里学到一些听起来似乎早就明白的东西罢了。这也许是由于我这些日子心情不佳的缘故吧。

我在上学后不久就给自己定下过两条准则：第一，不论干什么，或是想什么，不能影响自己的学习；第二，不论学习如何紧张，不能影响自己的身体。的确是应该这样，对于像我这样好动的人，第一条是太难做到了。说真的，正是因为不想影响自己的学习，我才下决心给你写信的。如今，我的思想已经无疑地在我的学习了。你我虽然一般年纪，但不论任何时候，我总是认为你小得多，不论是在高中班还是在农村，就是高考之中也是如此。可是这次放假回去，我觉得你大多了，变化大了，哪怕这些变化在他人看来是微小的。

我在要回铁院之前曾几次想到你家一趟，可是我不知怎么地，似乎觉得这个门难敲多了。也许"多疑"不是个好天性吧？你那天来我家之后，我定定地想了很久，年轻人对于许多事情是很敏感的，然而这在我毕竟是头一次。这种富于故事性的现实我原先只是在那些小说里见过。你送来书，但相反地，我却感觉在自己的脑子里心里，被人拿走了什么。而仔细想来要填补这个伤口是一件很痛苦的事情。是啊，在你我这些年轻人的前面要经历的事还多着呢，等到上了年纪的时候，我们每个人脑子里都会有一部小说的。

我问自己，是否在这个假期里做错了什么？的确，平常情况下我往往是不拘小节的，这就容易造成许多错误。也许我不该上你们学校去，或是不该，思考这些真是费脑子。你能不能就告诉我造成这一切的原因呢？了解一切总比糊糊涂涂强些，也痛快些。

难道我再也不能称呼你为老同学，而像对班里其他的女同学那样，见面也互相不认识，到最后连名字也忘了不成？说实话我真不愿意，也但愿不要那样。

本来想了很多，可到了要写的时候就又忘了。许多回忆不停地扰乱我眼前的思路，只好就写到此。至于这封信的后果我现在不愿去想了，闷着不好受，就算出了口气嘛！

希望你速送回音，哪怕是一顿臭骂，我也会比现在清醒些。如果你认为我是在追求着什么，而这又恰恰违背了某些现实的话，我倒情愿交个朋友，直到我老了，仍可以说我有一个朋友，她现在在某个单位里当什么师，有些话不用明说，我相信你会懂的。

我们同过班，也在一个公社插过队，并且，长期以来彼此之间无疑是很够朋友的。好了，祝你学习进步！噢，不要因为想事而影响学习，更不要因为学习而影响身体。

代向彗问好，很可惜寒假未能遇见你的这位好友，她学习怎样了？

头很痛的　阿猪

1981 年 2 月 23 日 · 信

另一头猪：

　　十九日来信刚收到（我这里收发室星期日是没有信送来的）。本来很想给你去信的，可怎么也得等你的信到呀，所以我一直忍着。

　　我还是习惯叫你另一头猪。小红这个名字不知怎地老使我联想起《枫》里的那位姑娘，见谅了！

　　上次离开南宁时确实没想到会如此劳累你一番。现在又知道你照出毛病来了，我真是后悔莫及。你一定要再问问大夫，病要看得及时。当初怎么早没想到这一点呢？结果还扛着车子上四楼，你也真是的，这叫我说什么好呢？

　　我总在想，我们还年轻，什么也还是一知半解，什么也没个概念，乱闯乱碰。到真个是这些关关卡卡的全过来了的时候，我们自己还不知成个什么样子了！我是吃够了办事无计划、没经验的苦头的。这些我一下子好像又说不清楚，你可别一下子又想到一边去了，我最怕的就是这个，有些东西还真是只有当着面才能说得明白，"别是一番滋味在心头"啊！

汇报一下近况吧：三天停课听文件，报告，讨论，总结，我是一点儿也没用心去记它。专门派来一个下班的老师，结果她只要在，大家便胡说一通别的，跟她聊建筑材料什么的，等她一走，我们就打扑克。难得三天自在日，收一收春节玩野的心。

一问才知道，上个月我二十四号下午上的火车，晚上铁道部就来了个电报通知到团委，说株洲汇演取消。结果文艺队那帮人也都回家过春节了。听说兰州铁道学院的已经在半路了，上海铁道学院的也已经到武汉，最后又都折回，又一件劳民伤财的事！株洲汇演本来就是搞形式，形式主义到头来必造成浪费。可能是精神上的，也可能是物质上的。这些我只是对你说，也不知对与不对。"文革"以来中国的致命之处，很大一部分在于形式主义，根本没有做到真正的实事求是！我扯远了，言归正传。

这学期学习任务看来相当重，我现在一时无法安排。《结构设计原理》是一门过渡课，必须掌握，它起到承上启下的作用，把过去学的力学理论逐步套进实际的结构设计中。学好它，便可举一反三，以小见大。将来真正进行结构设计时，思想方法无非就在于此。

《结构力学》的后半部分与《弹性力学理论》都是近代工程技术的有用工具。理论性很强，计算繁琐，要想精学，不是那么的容易。还有一门《土力学与基础工程》，是我们专业的专业。头一节课老师就举了一个例子：说一座铁路桥，其水下部分的造价一般要占全桥造价的百分之七十以上。基础不行，谈什么上部结构？还有，如果不注意，会造成很大的浪费。这门课并无一定的严格的理论贯穿始终，实际工程中多靠经验、试验和保险系数。因此就必须记下课堂所讲，不能打瞌睡，而我以往最怕的就是这个，过分相信自己的自学能力，你看看，这学期够呛不？

《轨道路基》，统称《线路》，这课倒无所谓，尽是些经验公式，到时做设计也有规范可查，虽然是考试课，却不打算花太大的功夫。剩下来就是我自己的东西了——数学、外语。外语不学不行了，枉进一回大学呀，我真不甘心。难的还有数学，我已借了很多计算机方面的书，准备自修，可是看起来时间是不允许了。我真有些舍不得，因为这学期要是不学习一些数学的话，我就真是只好混个大学毕业了，一个普普通通的大学生。

好了，不说这么多了。上学期材料力学的分数下来了，我是 86 分，可以了，并不是不懂，而是粗心，这就稍微好一些（班上比我考得好的只有三个人，最高分 94）。我总是因为粗心而落后啊。

相片如果你晒好了就马上寄来，我心里总挂着这件事。公园里那些不知如何，我照的呀！景自然是不好的啦，胡来的。你最后抽时间去温明那里看一下我们另外照的那些怎么样了，把我们的底片拿回来。我这边另外给他去信就是了。

别的没什么，希望你注意身体，你的早点平时是怎

么解决的？还有，能不能把你的车推车棚去，省得每天
扛上扛下的。我老看见你扛，骨头坏了还扛？

　　好了，再给你抄首词。

鹊桥仙　　秦观

纤云弄巧，飞星传恨，
银汉迢迢暗渡。
金风玉露一相逢，
便胜却人间无数。
柔情似水，佳期如梦，
忍顾鹊桥归路。
两情若是久长时，
又岂在朝朝暮暮。

祝一切太平！

阿猪

1981 年 3 月 27 日 · 信

另一头猪：

信和照片全收到了！怎么说呢？拿着信，我的心就跳得厉害，像被告等待判决一样。猜不到你信上会写什么。这一星期，只要一想起这事就老这样。谁知道上封信你看了之后会怎么想呢？我甚至后悔上封信没有加几句类似于表决心之类的话。不过现在看来，这样的效果反而好些。所以，看了信和相片之后你想象不到我有多么高兴，忍不住啊！同房间的同学都问我："你怎么啦？"

知道你上我家见到我爸爸妈妈了，忽然觉得想回去想得要命。可现在是三月二十六号，我们要到七月十二号左右才会放假，还不知道实习会不会到南宁去，真是十二万分的想念啊！

其实你是应该常到我家去的。要是换一下，你上学，我在南宁上班，我会隔不几天就去你家一次的。（只是怕你爸爸一生气把我训一通）要知道，见到家里

265

的人，就像见到你一样，可惜我现在在这里是举目无亲，这书真是不好念啊，我烦死了。

《工程机械》总算是考过了，我只会做 56.5 分的题，还不知道做错了没有。剩下的就是抄加偷看，使出浑身解数。这是上学以来的第二次，第一次是《工程地质》考试。你不要怪我不用心学习，这门课实在是一门与我们的专业几乎无关的课。如果重要，那机械系里那六百多人拿来干什么？我们工程系只有三百多一点人。再说，以后即便是去搞机械，早晚也得重学。另外，诸如什么《电工学》、《建筑材料》、《水力学》、《电算》等等，一大堆的课都是属于这一性质的（我是替自己辩护，其实别人为什么就都能学好呢？为这个你可以再判我一年半的刑，不许超过噢）。

你说我又开始不吃早点了，其实我是从二十三号起又开始吃早点了。这几天的生活和头一学期刚进校时一个样，我还觉得挺新鲜的呢。一大早起来跑步，然后第一个进教室，坐在第一排。有些事回忆一下还是怪有意思的，试想一下，我们再拿着肉票去公社买肉不是很有趣吗？可惜的是，过去的事毕竟过去了。当你回忆的时候，它也只能像流星一样使你激动一时。

你最近是怎么过的？看书？看电影？看朋友？真向往这种没有压力的生活。高考前我是多么自由啊，现在只能一年有两个假期，还是在考试通过的情况下。我已经不是孩子了，我讨厌这种压力，无论谁，只要到我们这里待两天，就会明白什么是学生生活了。真羡慕你呀，爱惜这自由的生活吧！（当然不是说你要自己给自己找点压力）好了！

希望你快点回信！祝！

阿猪

八声甘州　　柳永

对潇潇暮雨洒江天，

一番洗清秋。

渐霜风凄紧，

关河冷落，

残照当楼。

是处红衰翠减，

苒苒物华休。

惟有长江水，

无语东流。

不忍登高临远，

望故乡渺邈，

归思难收。

叹来年踪迹，

何事苦淹留？

想佳人，

妆楼颙望，

误几回，

天际识归舟。

争知我，

倚栏杆处，

正凭凝愁！

1981 年 7 月 5 日·信

另一头猪：

再过四天，我们就回去了。到现在，已经走了不少地方。越玩越觉得不是味道，也许是无心独游，不愿孤花自赏吧。而且，走到哪里尽看到些谈恋爱的人，一联想，就兴趣全无了。

昨天有同学邀去颐和园，我于是决定先去一趟北大，找找勇和露。结果，勇不在，只找到露。和她一起转北大校园，斯诺墓、未名湖，还有北大图书馆。北大校园风光很美，名不虚传，但宿舍并不舒适，连自修都非上教室不可。

晚上又去八里庄，表哥刚好实习回来，觉得他体质不如从前，比我要矮，而且比以前谦虚。小姑还是挺精神，姑爹还是那么心平气和，一切还是老样子。电视是《老古玩店》，看完十二点才睡。睡前还给阿都写了封信，希望他能考好。这几天老想南宁，毫无办法，尤其是在玩的时候。

　　今天是和表哥一起去的北海公园。也许是人大了几岁，现在看北海似乎很小，就是一座白塔。九龙壁保护得不好，小西天简直是一座废墟。和表哥一块抬了一块汉白玉狮子头，得意洋洋照了几张相。说北海是"四人帮"的后花园，我看不可信。现在北海是读书人的天下。许多学生，乱中取静，目不斜视，旁若无人地在看书。从濠濮涧直到小西天，全是。总的来说，北海没有想象中那么神圣。

　　表哥看见了读书的人，大发联想，于是拉我谈学习与兴趣。从李白的诗到线性代数，从控制工程到积分变换，最后是外语。我们正在照相，一个外国妇女横过，客气地说 sorry，表哥说 not at all，于是就互相聊了起来。外国人很有礼貌，用很多的虚拟语气，以小见大，异国并非豺狼虎豹横行之地。

　　同学们很想去一趟北戴河，可现在老师还没松口。大半是去不成。就是去成了，对我又有什么劲头呢？现在是过一天算一天，我是"别有用心"，很难回到现实。想着回去时能给你带件什么礼物，到现在还没看中有合适的东西。也许真就是一毛钱一袋的"叶脉书签"，想不出什么好点子来，越觉得，对不起你！

　　　　　　　　　　　　　　祝

　　　　　　　　　　　　　　阿猪

阿猪的流云

背两首吧：

一

酒冷灯青夜不眠，
寸肠万缕两相牵。
鸳鸯秋雨半池莲，
分飞苦，
红泪晓风前。

天远雁翩翩，
雁来人北去，
远如天。
安排心事待明年，
无情月，
看待几时圆。

二

痛负花朝，
半春尤在长安道。
故园春早，
红雨深芳草。

愁里开花，
愁里花空老。
西归好，
一尊倾柳，
肠断西亭酒。

1981 年 9 月 28 日·信

另一头猪：

　　二十五号晚上启程去衡山了，所以昨天晚上从衡山回来时才收到你的信。今天早上由于疲劳起来晚了，现在才给你回信，千万原谅。

　　院里二十六、二十七号两天举行田径运动会，所以我和另外三位同学一起，头天晚上就去衡山了。去年国庆，同房间的同学去，我因为没有钱才没同行，此后一直很想去。选择这两天去的原因是：国庆天气不一定会好，这两天是大晴天。看日出，玩都很顺利。且国庆人会很多，吃住成问题。另外，如果在学校，还得去运动场装作关心一番，仍是无法学习。三好归一，于是决定将原定计划提前了。他们临时告诉我的，下午我还在做作业，晚饭后就去车站了。

　　好，汇报衡山之行的经过和体会。

　　来回的火车很方便，路途很顺利。二十五号半夜到衡山车站，在破板凳上睡到早上五点。然后一路赶到衡山脚下的南岳镇，开始登山。到二十六号下午已经登至离顶峰还有三公里的南天门。在小客栈住了一个晚上，第二天又是早五点起床，赶到山顶看日出。然后一路下山，下午五点从衡山车站回来，九点十分回到铁院。算算正好两天时间，走了一百二十华里的路。

衡山风景基本上是全看了，没有什么独到之处，许多地方还未修复。山上无水无树，很大的地面全是光的，仅仅是高而已。谈不上游玩，而是登山，但还是有不少古迹和名胜。一些寺庙和有关的历史了解了不少。也为今后的旅游积累了经验。另外我还带了照相机，在许多名胜的地方留了影。相片一出来就给你寄些去。日出也是第一次看，由于早上雾水大，不很壮观，但也是很有味的了。总之，收获不小，也很愉快，是一次值得的旅行。

衡山一行，不但没有拖功课，而且，对于学习是一个整体上的调节。国庆节我就不打算再去任何地方了。三天的假全用于学习，把几个设计先完成一部分。

国庆你有什么活动打算？还上我们家去吗？或是星姐姐处？上次那封电报后来收到了吗？我该给家里去信吗？还是你把我的情况跟家里汇报就行了？琪见着了吗？底片与计算机的事都怎么样了？你们家里还好吗？那个叫什么的？她念书了吗？还有，妈妈说我什么了吗？

分配的事，我一定从长计议。现在也有所准备，将争取分管理局去，争取回南宁，争取分到路外去。至于留校，我成绩恐怕不行，不够格。我尽量申请分回南宁，这样行吗？

对了，来信说我也是一日三变，你这是想到哪里去了？我现在是有口难言，等毕业了再说吧。事实会证明我是被冤枉了的。现在你可以趁我正在念书，来几句气话，解解闷。嗨，没有谁像我们这样谈恋爱的，三天两头骂个没完！

好啦，这封信花了一节课的时间，现在堂上讲的，我已经不知道是什么了。

祝工作好！好！好！

阿猪

1982 年元月 4 日·信

另一头猪:

新年好! 今天下午一直等你的信, 没想到会失望。我上封信你收到了吗? 还是你再也不愿意写信给我了? 作为一个也许是注定要四海为家的人, 一个地球的修理工, 我不得不这样想呢! 所以我此刻的心情, 你是可以理解的, 碰巧明天又是星期天 (我现在最恨的就是过星期天, 过元旦, 过任何的节日。看见别人那么愉快, 我就越发苦恼。我觉得自己也应该是愉快的, 可这世道对于我是太不公平了)。

隧道设计去年就做完了, 所以从昨天到今天, 我一直在等你的信。心想收到你的信, 回了信之后我就开始复习。可就目前来看, 最早是星期一的下午才能开始我的计划了。

天哪! 我只求你无论如何能使我保持正常的头脑去安度这最后的几天。我的精神早已垮了。可是, 还有两门课要考试呀! 学生, 学生, 我目前仍旧是学生, 虽然我就要毕业了，就要像"大浦君"那样去"充军"（这是很可能的）？我需要帮助，需要你的帮助。我暑假跟你说的，你又忘了吗？越是临近考试，越是临近放假，我就越希望能收到你的信。对我来说，这就是帮助，是力量，使我坚持的力量，拜托你了！

这几天，我想得很多，太多了。记得我们有一两回提到过，现实与心愿的差别。也许吧，现在现实已快摆到眼前了。我能说什么呢？只怕你也有为难之处吧，我不愿去想这些了。

系里名单已下，我是搞"选线"。下学期还是忙的，毕业设计是大学的最后一关了。前几天去听了七七级的选线毕业设计答辩（如果像那样，我一定能通过）。

系里七七级有两个南宁人。目前仅知道，一个去天津第三设计院，一个留校。明天他们公布分配方案，八号公布分配名单，九号开始，七七级可以离校了。

明天我们买火车票了，坐哪次车回去，明天就可以奉告。现在宿舍里就剩我一个人了，今天的电影是《许茂和他的女儿们》，我甚至连看电影的心情也没有了。时光啊，任它去吧！现在对我来说，欢乐是和团聚连在一起的。可是到今天没有你的信来，我又怎样去料想我们的团聚呢？

前天看了故事片《乡情》，我哭了！而且真想大哭一场，就像现在这样。想必在火车开进南宁之前，我是笑不起来了。再说一遍吧，希望你来信。越是要考试，就越是希望。去年元月也是如此，今年又是如此，你也真难说服啊！

我求你了！

孤独的阿猪

1982 年 6 月 30 日·信

另一头猪

　　真快，今天系里又通知了：七月七号答辩完毕，十三号就走人。不再多留我们了。所以我马上给你写信，想让你能早些来，你不是可以请十天的假吗？

　　今天我已给家里去了一封信，把情况都说了。另外我还问我爸要钱了，因为这一毕业，我手头就一点儿钱也没有了。今天班上说要买什么纪念册，并且要照相之类的，搞一些临分手前的告别活动。每个人让交四块钱。另外，我昨天还去还掉所有借院里的东西，什么绘图仪器、丁字尺、图板之类的，可是，由于损坏和丢失了一块三角板，要赔五块多钱，这一下我的老底就全空了。还想再照一张两寸照的，因为前面照的两张都太差了。

　　书记今天已经开始找人谈话，第一个就是班长正。回来后他一脸愁容，心情很不好。看来方案不会太好，我现在不敢乐观估计。只希望你能尽早来，不会影响我答辩的。对了，我的答辩安排在六号下午，老师说了，这次由于分配突然提前，所以大家的答辩准备一定不充分，因此成绩评定将要看设计说明书。这对我是很有利的。我的说明书很全，而且很得指导老师的欣赏。不是吹牛，至少是 4 分，很可能 5 分。你来看吧。

再说一遍，分配提前，你也提前来，不会影响我答辩的。还有，招待所是一块二一天，太贵，而且我不喜欢那个地方。你要坚持去住我没意见，你钱多嘛：来时别忘了买点吃的，这里没有的。房间里的同学都要我请客呢。你猜我怎么说的？我说：放心，另一头猪比我要大方！哈哈，这下你可苦了，非常抱歉！哈哈！

好！祝！快来

快毕业了的 阿猪

后　记

一九八二年七月八日，另一头猪欺骗家里说是工厂安排出差，乘 6 次特快列车终于来到长沙。阿猪与同寝室同学集体前往迎接。

一九八二年七月十二日，铁道学院工程系李书记宣布了毕业分配名单，阿猪被分配到四川成都铁道部第二设计院。

第二天，毕业生最后的晚餐。工程系七八级男生宿舍里一片嚎啕悲泣之声。最先掉下眼泪的，居然是阿猪同班唯一一个考上研究生的杨姓同学。当时他一手高举酒杯，拍着阿猪的肩膀说：大哥大嫂，兄弟我对不起大家。你们将面对严峻的现实，在大西北大西南，与天斗与地斗，而我却将在小楼中独享清福，说着说着，眼圈就红了。

阿猪见此情景，示意另一头猪赶紧离开。不等另一头猪走下楼梯，便已有同学放声大哭起来。哭声很快传染，如禽流感一般，一发不可收拾。整个四楼的寝室和走道，七十多位同学们，无论同屋不同屋，同班不同班，互相倾诉，互相安慰。互相在毕业纪念册上留言，贴照片，签字。泣不成声，泪洒字里行间。此时，有仇的化解恩仇，有情的依依难舍。有抄家伙高喊着要去跟系书记拼了的，有抓起剪刀悲愤着要上天台自杀的，阿猪这辈子没再经历过任何能与之相比的分手时刻。

七月十六日，在长沙多逗留了两天之后，阿猪与另一头猪同乘5次特快列车，同回南宁。

阿猪与另一头猪，后于猪年，一九八三年，在铁路勘测队，借了队党政工团活动室三天，成亲完婚。阿猪并且最终于一九八四年，不要户口不要档案不要粮食关系，三不要，未经批准，不顾恐吓，冲破重重阻拦，脱离铁路设计院，应聘回南宁工作，求得自由，另谋生路。

图书在版编目（CIP）数据

阿猪的流云/朱音著. —北京：文化艺术出版社，
2005.7

ISBN 7－5039－2806－9

Ⅰ. 阿… Ⅱ. 朱… Ⅲ. 散文－作品集－中国－
当代 Ⅳ. I267

中国版本图书馆 CIP 数据核字（2005）第 081372 号

阿猪的流云

著　　者　朱　音
责任编辑　周　岩
责任校对　崔建文
版式设计　刘宝华
封面设计　兆友书装
出版发行　文化艺术出版社
地　　址　北京市朝阳区惠新北里甲 1 号　　100029
网　　址　www.whyscbs.com
电子邮箱　whysbooks@263.net
电　　话　（010）64813345　64813346（总编室）
　　　　　（010）64813384　64813385（发行部）
经　　销　新华书店
印　　刷　北京振兴华印刷有限公司
版　　次　2005 年 8 月第 1 版
　　　　　2005 年 8 月第 1 次印刷
开　　本　850×1168 毫米　1/32
印　　张　9.125
字　　数　188 千字
书　　号　ISBN 7－5039－2806－9/I·1276
定　　价　16.00 元